NATURALEZA MUERTA

L A T R A M A

Naturaleza muerta

Emilio Bueso

Papel certificado por el Forest Stewardship Council®

MIXTO
Papel | Apoyando la silvicultura responsable
FSC® C117695

Penguin Random House Grupo Editorial

Primera edición: febrero de 2024

Printed in Spain – Impreso en España

ISBN: 978-84-666-7744-8
Depósito legal: B-21.418-2023

Compuesto en Llibresimes, S. L.

Impreso en Rotativas de Estella, S. L.
Villatuerta (Navarra)

BS 7 7 4 4 8

Puedo racionalizar algunas de las cosas más extrañas que me han sucedido, todos hacemos eso. Ponemos nombres a nuestras racionalizaciones: coincidencia, *déjà vu*, pesadilla, psicosis, paramnesia, emanaciones del gas de los pantanos, globos meteorológicos…

Brian Lumley

Día uno

En el que llego enferma, quemando mis puentes y mis venenos

En cuanto me planto frente al rojo carnicero de la verja, me repito a mí misma que ahora sí estoy en casa, que empieza el resto de mi vida y todo eso. No sé si así consigo armarme de valor, pero me baila un gusano en la tripa, incluso podría llorar un poquito. Algo debe de notarse en mi mirada, porque de pronto explota una sonrisa adorable en la cara del señor Olegario.

—Yo sé que esto le va a gustar —dice asintiendo con gesto complacido—. Créame, llevo ya medio siglo al frente de la Comunidad de Regantes y reconozco a uno de los nuestros a la legua.

—Pues espero que no se equivoque conmigo —contesto—. Porque me he dejado en esta finca todos mis ahorros.

Él saca un llavero de sereno, monstruoso, colosal, y se pone a recorrerlo como el que cuenta monedas, anilla por anilla, hasta dar con la mía. Luego se decide a forcejear con el candado de dos palmos que en adelante será mi portero, todo sin dejar de darme su peculiar discurso de bienvenida, que parece mucho mejor engrasado que la cerradura:

—Con la pandemia ya se mudaron a alquerías como esta muchos teletrabajadores, así que pronto verá que no es usted la única que se ha venido hasta aquí para pelearse con el ancho de banda y todo eso de las cinco ges.

La verja se arranca a cantar como una ballena azul herida de muerte al abrirse de par en par, en cuanto cadena y candado lo permiten al fin. Él hace un ademán enérgico para invitarme a pasar a la portillera.

—Pues ya es suya Finca Elisa, la felicito de nuevo por su compra. Ahí mismo puede usted dejar el coche, bajo la sombra de la higuera, aunque ya se está poniendo el sol, pero es que aquí todo tiene su sitio y su espacio, como los animalillos. ¡Y ahí está el primero que acude a darnos la bienvenida! —dice al ver que un intrépido gato negro deslustrado, con cierto pelaje atigrado gris, nos sale al paso, con movimientos nerviosos y el porte escuálido pero, a su modo, autoritario—. Verá que hay como docena y media de estos a cargo de la propiedad... Mantienen ratones y pájaros a raya y lejos de los cultivos, por lo que es mejor dejarlos hacer.

—Oh, me encantan los gatos —contesto, acercándome despacio para ver si el minino se deja acariciar—. Pero... ¿no echan a perder los sembrados?

—Solo tiene que mantener en condiciones el arenero que hay junto a los lavaderos, a la derecha de la casa. De todos modos, si viera usted que alguno se descontrola y deja alguna caca en el sustrato, tampoco pasa nada por recogerla... ¿No es lo que hacen en las ciudades con los perros, ir detrás de ellos para que no se caguen en las aceras? —remata con una risita traviesa.

Y esas son la clase de cosas que me decía por teléfono la semana pasada, cuando todavía no me había decidido a comprar la finca..., y puede que esos detalles me convencieran, esa forma tan graciosa y sencilla de trazar paralelismos entre dos estilos de vida diametralmente opuestos. Enfrentados, a juzgar por la distancia que me dispongo a salvar de una zancada desesperada.

En fin, pese a lo corpulento que es, que le afea un tremendo olor corporal y que parece recién salido de una peluquería ochentera, el señor Olegario se hace querer a su manera. El minino, por su parte, pues no. Porque me mira con pánico, como a un soplete encendido, y no deja que me acerque ni a la de tres. Veo que hay otros tras él, pero están lejos; se diría que lo han mandado a parlamentar.

—Tú debes de ser el jefe —digo con mi voz más dulce—. Ya verás como al final te haré ronronear. Pero primero habrá que ponerte nombre.

—Mao.

—Adjudicado. Tú serás Mao, líder de nuestro maoísmo.

Y el señor Olegario se parte de la risa al adentrarse en la

finca para enseñármela mientras Mao nos sigue a una distancia prudencial todo el rato, sin dejar de mirarnos como si fuéramos un par de sopletes.

—Seguro que usted sí que consigue cuidar de una alquería como esta —me va diciendo cuando me lleva reguero abajo para explicarme someramente el parcelado, las rotaciones y los barbechos que hay—. Me dijeron los de la notaría que es ingeniera agrónoma… ¿Tiene experiencia en huerta?

—Mi perfil es más bien forestal —respondo con un suspiro—, pero me he preparado un poco el biotopo local y supongo que podré adaptarme. Tal vez al principio eche a perder algunas labores, pero estoy segura de que me haré con el grueso de las verduras y las hortalizas esta misma temporada.

—Buena respuesta, pues. Encontrará aperos de todo tipo en la caseta de madera que hay junto al pozo. También contiene un pequeño banco de semillas, algunos fertilizantes, y todavía quedan pesticidas… Está todo tal como lo dejó el pobre Fermín al faltar, o mejor todavía, se lo aseguro, que yo mismo me he ocupado de mantenerlo este mes. En cuanto vi lo rápido que había salido una compradora perfecta para la finca no dudé en prepararla a conciencia, pese a que ya no ando para muchos trotes. En fin, no dude usted en contactarme si tiene cualquier duda.

—No sabe cuánto se lo agradezco, ni hasta qué punto acabará usted hasta el gorro de aconsejarme, don Olegario.

—Oh, deja estar el don, que ahora eres vecina. ¿Yo te puedo llamar Claudia? Si vamos a seguir viéndonos es mejor que nos tuteemos. —Y me tiende la zarpa, luciendo otra vez su sonrisa de recién pintado.

Si es que lo tengo que querer. Nos damos la mano para sellar el trato e irnos despidiendo y yo casi lo abrazaría de lo mimosa que me estoy poniendo con la emoción del momento. Tiene las mismas arrugas de expresión que mi abuelo, se ve más sano y viejo que el nogal que da sombra al porche y transmite la misma confianza. Yo qué sé, me parece la clase de gente que necesito ahora, buena y simple, o eso me quiero decir.

Pero no puedo evitar preguntarme si mi relación con él no terminará peor que la que he mantenido con el que era administrador de mi escalera hasta hace apenas unas horas, en Madrid. Me he marchado con alevosía, nocturnidad y sin avisar ni tratar de reclamarle la fianza al casero o contratar un servicio de mudanzas. He venido casi con lo puesto, con lo que he podido cargar en el coche.

Terminamos todo lo gordo y acompaño a Olegario hacia la salida sin dejar de interrogarlo sobre los sembrados y los ramales de riego, y cuando pasamos junto a los frutales que hay tras el pozo me enseña cómo funciona la bomba. Nos tiramos unos minutos rellenando la alberca y un gesto de Mao me hace reparar en la plétora de gatos que nos observan desde el porche de la casita que se levanta en el corazón de la finca; los hay encaramados a la baranda, subidos a la mesa, en la mecedora que hay junto a la puerta... Me luce todo mucho más bonito al natural que en el portal inmobiliario, y estoy encantada con la idea de tener también un ejército de gatos. Siempre quise tener uno y ahora comando una legión. Hago un amago de inventariarlos, pero pierdo la cuenta enseguida porque no paran quietos ni un segundo, y así es como descubro, entre el ramaje, el espantapájaros más feo del mundo. Su cabeza es el cráneo de una oveja.

—¿No se supone que vosotros mantenéis a raya a los pájaros? Entonces ¿qué hace ese ahí? —le digo a una siamesa preñada, con una risita y la esperanza de que sea Olegario quien me conteste.

—Eso me gustaría saber a mí —me dice él, riéndose un poco—. Estas aberraciones las arma un vecino de por aquí, afirma ser un «artista de lo salvaje». Puede darte un poco de repelús, pero no te preocupes mucho, que solo es el trastornado de guardia. Ni idea de qué hace una de sus «esculturas» ahí. Tal vez intente decorar el marjal.

—¿Y no le preguntaste a Fermín?

—Pues es que no descubrí ese espantajo hasta anteayer. Está muy escondido. Es raro, porque así encaramado y tan trabado debe de ser anterior a las ramas más altas, pero no recuerdo haberlo visto antes..., aunque lo cierto es que, con esa peluca tan roja, no se me habría pasado. A saber. Supongo que son muchas fanegadas como para conocérselas todas al dedillo. En fin, dime si necesitas que te ayude a bajarlo y veré qué puedo hacer.

—Oh, no te preocupes. Ya me encargo yo del monigote, lo haré caer junto con el resto de las podas de temporada en cuanto me ponga con la escalera y el serrucho. Quiero dejar de hacer las cosas con prisas y, qué rayos, no pasa nada si se queda un tiempo ahí, que voy a necesitar compañía durante los primeros días.

Olegario se ríe un rato largo hasta que caemos en la cuenta de que se están arrancando a cantar los grillos. Me insiste en que el pantano no es transitable a oscuras, y el sol se larga con él cuando se sube a su enorme ranchera y se marcha, sacando la mano por la ventanilla para despedirse sin dejar de ponerlo todo perdido con sus gestos de felicidad.

Y así es como me quedo a solas por primera vez en Finca Elisa. Con mis cuatro maletas, mis dos docenas de gatos asilvestrados, mi espantoso espantapájaros y mi ejército de demonios interiores.

Empujo la verja y, más que al canto de una ballena azul, al cerrarse suena como una guillotina cortando el cordón umbilical que me ataba a la ciudad, a la oficina, a la ansiedad, a él… Luego llevo las maletas al porche de la casa y, en vez de abrir y entrar en mi nuevo hogar, las dejo caer y me siento en la mecedora que hay junto a la puerta. Mao se sube a la barandilla del porche sin quitarme el amarillo de los ojos de encima. Tres de sus amigos acuden a toda velocidad y se ponen a olfatear las maletas como perros policía.

—Ya sé que no tengo que darte de comer porque tú comes bichos, pero estás muy flaco, michi. Mañana en cuanto baje al pueblo te compro unas buenas croquetas y un bol con tu nombre.

—Mao.

Saco el móvil, pongo el manos libres y charlo un rato con mi hermano, que está encantado de saber que hoy ya duermo en Finca Elisa. Luego dejo que se haga de noche del todo, que los grillos me deleiten con un concierto y que las ranas se pongan a croar fuerte a las estrellas.

Al fin enciendo las luces antimosquitos del porche y entro en la casa. No tengo ganas de deshacer las maletas, me limito a sacar un juego de sábanas para hacerme la cama y a llenar una enorme jarra de loza con agua fresca del pozo. Luego me bebo dos vasos enteros, maravillada con el sabor y convencida de que a la larga mis riñones agradecerán el cambio en la mineralización. No me apetece cenar. Es normal, es lo esperado. Porque ahora viene lo chungo.

Porque llega el momento en que saco el neceser y me planto frente al espejo del baño. Tras él, a su recaudo, irán los psicofármacos que me quedan. Los voy clasificando mientras me repito que, en cuanto se me acaben, ya no habrá más.

Pasaré el mono aquí.

Conque hago recuento de existencias como el que repasa sus heridas.

Si no he calculado mal, lo más difícil será cuando me falten los parches de fentanilo para la fibromialgia que me trajo la depresión que me trajo el matrimonio. Con el divorcio y Finca Elisa me tengo que curar como sea. Aquí no habrá más procesados, prepararé mi propia comida y eso resolverá mi arsenal de problemas digestivos, me digo al clasificar los laxantes. Aquí seré mi propia jefa y eso terminará con mis ataques de pánico y de ansiedad, me digo al clasificar los antipsicóticos. Aquí no habrá angustia cada noche y eso me permitirá volver a tener sueños tras una década durmiendo mal, me digo al tirar buena parte de los somníferos y el cepillo de dientes del anterior propietario para poner el mío en su lugar, en un vaso de loza a medio agrietar.

Como yo.

Pero aquí me tengo que poder reparar.

No tengo un plan B. Ni adónde ir ya. Si no consigo recuperarme después de mandarlo todo a la mierda, me pienso suicidar aquí, me repito al tomar mi último antidepresivo y lanzar la caja y el prospecto a la basura.

Luego me pongo música de Sinéad O'Connor en el manos libres y salgo a pasear a la luz de las estrellas, con Mao orbitándome como un satélite espía. Paso revista a las siluetas de los frutales y a los parcelados de las hortalizas, voy ocupando mi mente en organizar la cantidad de trabajo de agricultor en prácticas que me aguarda a partir de mañana, y espero que durante mucho tiempo. Contemplo luciérnagas y chiribitas de ojos de gato pululando por doquier, aunque esto es zona pantanosa y no me extrañaría que se vieran fuegos fatuos algunas noches. Me parece todo más bonito cuando me dejo acariciar por la oscuridad y la brisa nocturna del final del otoño.

Me cuesta creer que de verdad haya dado el paso y lo haya podido dejar todo atrás. Pero el caso es que me siento bien, aunque tengo miedo. Miedo de que este sitio se convierta en la peor tumba del infierno, de que me devore. Mao también parece un tanto asustado, porque sigue manteniendo las distancias conmigo; va a ser que tengo cara de soplete. En cambio, el espantapájaros sacude su peluca roja al viento y asiente a mi paso con un movimiento del cráneo de oveja que tiene por cabeza, en una suerte de espasmo que por poco lo desmonta y deja ver que lo han ensamblado con un cable y que en la testa del cráneo tiene garabateadas un par de palabras en cirílico y varios signos que, más que alfabéticos, me recuerdan a símbolos astrológicos o arcanos.

Y más que tinta, parece que hayan usado sangre para hacerlos.

Noche uno

En la que apago la luz y mato a un monstruo del pantano

Y entonces te tumbas en tu nueva cama, cansada de todo, y de pronto resulta que has de poder dormir. Sola, en la nada, envuelta en extrañeza, en una oscuridad que no deja de susurrarte: «La próxima farola está a kilómetros de distancia»; sin vecindario real ni putiferio que te ponga en lo peor del mapa. Sin anestesia epidural.

Te preguntas si no habrá sido todo una estupidez, si no será que te has enterrado en vida. De repente tomas conciencia de lo que es el desamparo y el no tener nada ni ser nada, que es a lo que venías.

La luna no es compañía, y eso no es ningún poema, sino un ácido que te corroe y te retuerce la columna hasta ponértela como un signo de interrogación. Y ahora la tontada va en serio y tú tienes un miedo y un vacío que ni te imaginabas, y en esas te asalta alguno de los sonidos de la huerta.

Que no los conoces.

Pero lo de venirse abajo a la primera no va contigo. Tú no tienes adónde ir, conque no te arrugas y sales con el farol si se escucha un silbido muy estridente, para aprender que es el sonido de la brisa sobre la tela de Vilmorin que protege uno de los sembrados. Luego vuelves a salir para investigar un repiqueteo que terminas identificando con la cadena del pozo al golpear el cubo de latón que la remata.

A la de tres decides que tienes que aprenderte la música del pantano. Que debes dejarla sonar, ya la irás reconociendo poco a poco.

Pero es que es terrorífica.

Todo suena en tu cabeza como pisadas de un extraño, o el paso de un gran animal junto a la alquería, o sobre ella, o por las copas de los frutales, o al otro lado de tus paredes. A ratos las ranas croan a coro, como si alguien las dirigiera, y tratar de dormir con sus canciones más locas te resulta más difícil que hacerlo con ocho copas de más. Todo te da vueltas, te retumba y te aturde.

Porque resulta que además estás cada vez más atóxica. Quitándote de todo.

Quitándote de en medio.

De tanto en tanto te tiembla el cuerpo entero y no es por el miedo. Es el mono.

El bebé de *Trainspotting* no camina por el techo de tu alquería, pero lo hacen docena y media de gatos a la carrera. Sobre las placas de metal corrugado.

Y la noche se va a haciendo cada vez más oscura, hasta que ya no puede más.

Resulta un tanto difícil de explicar sin desmerecerlo, pero el caso es que la noche tiene dos lados, el primero y el que llega después, cuando se retiran los cazadores crepusculares y ya tiende a clarear.

El segundo turno de la noche.

El que anda a dos horas más o menos del amanecer.

En ese momento maduro, el hastío y la tristeza ya te han hecho perder parte del terror a la tremenda chaladura que acabas de hacer al mandar tu vida al carajo y lanzarte a la nada.

Entonces te sobresalta Mao, que se sube a tu cama para ponerte una pata en la cara. El susto definitivo.

Pero tú, quizá por el cansancio, te apagas como una vela al sentir que el animal se acurruca a tu lado.

Y así fue mi primera noche sola en Finca Elisa, puesta en segunda persona, pero creo que ni por esas se explica bien.

Lo vamos a dejar en que maté a un monstruo del pantano.

Día cinco

En el que se aceran los diálogos, se alza la escopeta y hablo con el rey de Roma

Solo con el jabón potásico ya parece controlado el problema de la mosca blanca que tenían las tomateras, y la rotenona al final parece que sí podrá con la araña roja. Más o menos me aclaro para regar sin ahogar y, en conjunto, diría que me las voy apañando con la finca, en nada desbrozaré la última tabla que sigue en barbecho.

El problema es que se me está yendo la olla cosa mala... Ya concilio, y ya vuelvo a soñar, pero me despiertan a menudo unas pesadillas terribles y, cada vez que me pongo a pensar en algo que no sea el campo, me dan unos ataques de angustia y me asaltan unos delirios absurdos y febriles que son completamente nuevos para mí, y entonces siento como si se me fueran a llevar otra vez los demonios.

Pero he de aguantar como sea, por muy dura que se ponga la cosa ahora que he ido bajando poco a poco la dosis de analgésicos hasta casi acabarlos, así que trato de mantenerme ocupada, hablar con el gato y controlar los pensamientos malos. Que son caos y son legión.

No sé explicarlo bien, pero a ratos siento tanta extrañeza y tanto desamparo que ni me molesta el peso de la soledad ni me noto triste o en peligro. Tampoco han vuelto mis dolores crónicos, pero creo que eso es por lo bien que me he adaptado al colchón de lana de oveja, o por comer comida de verdad. Con todo, me descubro inmersa en una suerte de anestesia existencial, como si no fuera yo; de hecho, no lo soy, porque no ando ni en mi entorno ni en mi elemento ni con la que se suponía que era mi gente.

Ahora soy hortelana, improviso mucho, noto que el tiempo pasa despacio y minimizo los tóxicos a la vez que me voy limpiando poco a poco. Cago mis diarreas en una compostadora, cosecho mis propias patatas, solo bebo agua del pozo, apenas teletrabajo para el campus virtual un par de horitas al día y tampoco espero necesitarlo más que para pagar la banda ancha, las bombonas de butano y eso. Lo más importante de todo es que aquí nadie se pone nervioso si me vencen las neuras y me arranco a hiperventilar. Así que solo tengo que abrazarme las rodillas y escuchar animaletes hasta que se me pasa.

En conjunto, el cambio se me hace irreal, nebuloso, confuso… Daría un brazo por ponerme de opiáceos hasta las cejas, sí, pero ya lo tenía previsto, y por eso soy como Ulises encadenado: no tengo gasolina ni recetas ni forma humana de conseguir más pastillas y parches transdérmicos. Mis especialistas y mis camellos están a cuatro provincias de aquí, cortando con fentanilo casi todo lo que me solían vender.

Me he encerrado en este centro de desintoxicación y cada dos por tres me digo que tendría que andar contenta porque parece funcionar, más o menos. Por toda visita tengo algún que otro control esporádico de Olegario que salvo como buenamente puedo, las picaduras de los insectos, los telefonazos y las videollamadas de mi hermano, mis constantes ganas de subirme por las paredes de Finca Elisa y un ejército de mininos que se han enterado enseguida de que he comprado croquetas para gato.

—Te dije que solo eran para ti y son solo para ti —le repito a Mao—. Diles a tus amigos que no insistan más, que son carísimas.

—Díselo tú misma y verás qué risa.

—Mao, no puedo ir todo el día huerto arriba, huerto abajo y bien envuelta en una colonia felina. Si vuelve Olegario por aquí va a pensar que soy la loca de los gatos.

—¿Y?

—Pues que no puede ser. Eres el jefe de todos estos, diles que salgan a buscarse la vida y a cazar pájaros y todo eso que hacen. Sus cosas de gato y tal.

Él solo se lame las pelotas y se echa sobre la baranda del porche al sol del atardecer. Luego bosteza con una bocaza inmensa y me lo contagia.

—Eres tan de asfalto que te voy a tener que enseñar hasta a descansar.

—Mao, que me has visto arar con el azadón. Estoy tan reventada que esta noche pienso dormir a pierna suelta, con o sin tu ayuda. He trabajado como una mula de tiro y ahora me espera una paliza en la cocina si quiero cenar como Dios manda.

—Este sitio está maldito, Dios no manda aquí.

—Tú tampoco.

Un chasquido de los del marjal suena en alguna parte y él no puede evitar tensarse como una ballesta por si es cosa de alguno de sus múltiples amigos o enemigos.

Siempre el cazador. Lo estudio con una sonrisa mientras se relaja de nuevo sin dejar de espantar moscardones con el rabo. Al rato se despereza para luego recostarse poco a poco y, cuando estira las zarpas de delante, aprovecha para sacar las uñas al tiempo que amaga otro bostezo.

Vive bien.

—Ya irás aprendiendo quién manda realmente en las tierras pantanosas —me dice con un maullido ominoso—, que hoy sube la marea.

—No me digas que volveré a despertarme con toda la alquería alfombrada con las lentejas de agua y los bichos de la acequia en vez de rocío. Qué ascazo, por favor.

—Eso es, tú protesta cuando el azarbe fertilice todas las cosechas.

—¿Así es como funciona? ¿Las crecidas del cauce anegan los cultivos hasta sulfatarlos? Pues no es mal sistema de riego automatizado, oye. Tiene seis mil años bien documentados, desde los tiempos de los faraones... En fin, ni que la acequia fuera el Nilo.

—Oh, pues Egipto es el país de los gatos, igual que Finca Elisa. Ya empiezas a comprender mi reino, ahora solo te falta hacerte con sus ritos. Que los tiene. Y son muy antiguos.

Me acuno en la mecedora un rato hasta que empiezan a cantar los primeros grillos y reúno el ánimo para entrar en la casa a pelar pimientos para la escalibada que tengo que cenar si no quiero que se echen a perder las primeras berenjenas del año.

—Nadie me dijo que la huerta fuera un dictador más férreo que internet —me lamento; luego me duelo de las lumbares al levantarme y aparto la cortina para meterme en la casa.

Mao escucha otro chasquido por el ramaje y, esta vez sí, sale a cazar un rato.

Él también tiene que hacerse la cena. Anoche me trajo un pájaro que no supe identificar, creo que quiere que me lo coma o algo.

El interior de la casa es demasiado simple y somero hasta para una persona en proceso de reconstrucción como yo. También hay algunas cosas estridentes del anterior propietario, el tal señor Fermín, repartidas por aquí y por allá; la clase de bártulos, trastos y recuerdos que los herederos dejan tras de sí al huir despendolados de la alquería del abuelo tras malvenderla al primer zumbado que no sabe dónde se mete. Así que ahora tengo una especie de emisora de radio que no sé cómo funciona, unos prismáticos enormes y unos extraños tubos de roca metamórfica que se pretenden decorativos y que Google opina que son fulguritas, esto es, rayos fosilizados.

Sobre la chimenea hay un bodegón, una naturaleza muerta. Yo de arte no entiendo, pero enseguida noto si un cuadro es poderoso, y este vaya si lo es... Óleo sobre lienzo, representa solo unos higos de otoño y unas manzanas, pero lo que te roba la cordura es la anguila que los rodea; el animal está enmarcando el conjunto, con la cabeza bien cerca del terrible tajo transversal que le secciona lo que habría sido la cola, rematándola con un corte que hace que se vea como una de esas rodajas de merluza que solía comprarme en el súper. La escena podría quedarse en mostrar los alimentos y eso, pero no.

No, porque la mirada de la anguila se te clava con furia y te perfora más que si estuviera viva, dos ojos negros y crueles que tienen demasiada luz. Algo así domina y mucho una obra tan decadente, por lo que desenvaino el móvil y abro Google Lens para identificar el cuadro con la cámara, ya que está firmado con caracteres cirílicos.

Se llama *Naturaleza muerta con anguila*, aunque únicamente han oído del pobre pintor en un rincón de la *Wikipedia* que solo está en ruso, por lo que me toca pelearme con el traductor automático para entender algo más que el título. Al parecer, el autor nació y malvivió en la Unión Soviética, donde apenas consiguió exponer docena y media de bodegones antes de dar con sus huesos en las minas de carbón de Siberia; y allí murió bien joven, en un accidente con gases tóxicos. O algo así, no sé, es un texto escueto que encabeza una lista de obras y se lee macarrónico con el traductor del teléfono.

El caso es que me encanta el cuadro. En rigor es feo, pero tiene carácter y misterio, te hace pensar cosas raras, como que tu comida te odia o te vigila, yo qué sé... La imagen resulta un tanto inquietante, pero tiene tanto embrujo que, al menos para mi gusto de ahora, luce de escándalo justo encima de la chimenea de una alquería rodeada por un par de acequias en las que aún bullen las anguilas.

Completan el lote, arrumbados en la repisa de la chimenea, lo que parecen varias biblias absurdas y una suerte de libracos con los que no sé qué puede hacerse, como un ejemplar de la *Ilíada* mucho más antiguo que el pueblo de al lado; aunque también destaca por su decrepitud una brújula tan descacharrada que apunta siempre al este. Luego hay otro cuadro, este en plan grecorromano, que representa la Hidra de Lerna, con todas las cabezas del monstruo mitológico bien enhiestas cerrando el paso al dormitorio, quizá para disuadir a todo aquel que pretenda encamarme. Y lo más gordo, puestos a hablar de disuasión, es la escopeta, que ya he colocado sobre los clavos del dintel de la puerta, en vista de que los nietos eran demasiado urbanitas para saber qué hacer con ella. ¿Y si les doy un telefonazo?

Lo mismo ni la vieron, me apuesto un brazo a que ni miraron en la cabaña de los aperos. La cosa (cuando no me asalta la neurosis y me pregunto si no será que el señor Fermín se suicidó con ella) es que viviendo sola, un arma así, tan pesada, me hace sentir más cómoda. También sucede que todavía no me he puesto a jugar con ella para ver cómo funciona, pero ya le he preguntado a YouTube cómo va un chisme de esos... Seguro que habrá más de un servidor de internet muy preocupado por mi salud mental, casi tanto como mi hermano... Hablando del rey de Roma, ya está otra vez al teléfono.

—¿Cómo está mi hermanito? ¿Qué tal por el Trastévere?

—Mucho lío con el intradía y los fondos indexados —contesta, y menos mal que lo deja ahí y no sigue con la jerga de bróker—. Si este cliente no afloja, lo mismo lo mando a pastar, me planto ahí y me uno a tu proyecto de vida contemplativa.

—Pero ¡si yo aún no he podido parar quieta entre los cultivos, instalarme, adaptarme...!

—Pues no te estreses, que ya sabes lo que hay. Al grano, agricultora mía. ¿Cómo llevas la rehabilitación?

—Regular. Mejoro día a día, pero despacito. Los dolores casi han desaparecido, pero como siga así voy a volverme loca del todo... Ya llevo dos días discutiendo con el gato, y lo peor es que no para de llevarme la contraria. Anoche apenas pude dormir, salí a pasear para ver si se me pasaba la ansiedad, o tal vez para vencer un poco el miedo, yo qué sé. El caso es que terminé persiguiendo un fuego fatuo hasta la alquería de al lado.

—Pero... ¿cómo sales por ahí a las tantas, con lo oscuro que se tiene que poner eso? ¿Es que quieres caerte al pantano?

—Venga ya, que esto son todo ramales de acequias que no tienen ni un metro de profundidad. Aquí no puedo hacerme daño si no es metiéndome en un rosal.

—¿Estás segura?

—Estoy segura. Aquí estoy completamente sola y lejos de todo, cosa que asusta y mucho, pero ese era el plan y ahora el reto es superarlo. No sufras tanto, te dije que saldría bien.

—Y yo que te llamaría todas las noches. Y ahora te dejo, que mañana tengo piscina y estoy sin depilar. Tú sigue bien, y haz todo lo que te indicó la loquera esa, ya sabes. Y a la mínima que se te complique algo me mandas un wasap. ¡Muac!

Y me cuelga.

Ojalá los demás hicieran lo mismo. Empiezo a pasar revista a los contactos del teléfono y voy haciendo limpieza de motes, nombres y apellidos que pronto ya no echaré de menos, entre otras cosas porque se pusieron del lado equivocado durante mi demanda de divorcio. Entonces, tras un rato de hacer *scroll*, me topo con un par de errores que son humanos y de humanos que fueron un error, y me sube una arcada ácida por el esófago que me sacude la cabeza y me obliga a pensar en otra cosa a marchas forzadas. Pelar pimientos. Saco toda la verdura del horno y la desperdigo de mala manera sobre la mesa de la cocina, a ver si con suerte consigo cenar en media hora.

—Alexa, pon música de Tori Amos.

Y así es como dejo de pensar. Casi nunca funciona del todo, pero me mantiene entretenida, más o menos.

Pasa un buen rato y es balsámico. El tiempo aquí te acaricia como el canto del cuco. Pronto tendré lista la cena, Mao ya ha dado cuenta de la suya y ha terminado de patrullar, de modo que ahora practica su deporte favorito: me estudia desde el mármol de la encimera. A ratos sigue mirándome como a un soplete al rojo.

—¿Por qué eres el único que entra en la casa?

—Eso son cosas de gatos.

Me afano con el cuchillo y frunzo un poco el entrecejo.

—¿Y dónde se meten los demás durante las crecidas del pantano o cuando llueve? ¿No entran aquí ni para guarecerse?

—Pues no. Se quedan en el porche o en la cabaña de los aperos, o se cobijan en los árboles. No intentes entendernos, no está al alcance de los bípedos. Ya te digo, cosas de gatos.

—Las mismas que hacías tú hasta que vine y abrí la casa.

—Oh, yo ya marcaba los rincones de este chamizo cuando Fermín hizo que lo levantaran. A ver si te crees que soy el señor de la finca solo porque a ti se te antojara. Esto es mío y pronto tú serás de esto.

—Cosas de gatos.

—Mao.

—Mao..., ¿de qué murió Fermín?

—El Brujo de Larvas le ordenó que oficiara entre los fuegos fatuos en la noche de tormentar, el viejo Fermín se negó y los que socavan las profundidades se enfadaron mucho. Y cantaron para llevárselo a la tumba.

Sacudo la cabeza y vuelvo a los pimientos.

—Alexa, pon música de Sheryl Crow.

Día siete

En el que salta un pedo de ballena
y me hago con un arma

Es matemático. Atardece y me pongo melancólica.

No me vuelve la depre ni tampoco me dan las neuras o el dolor, pero sí que me embarga cierta pesadumbre cada vez que se pone el sol sobre el pantano, cuando se hunde entre las cañas de la acequia que cierra mi huerto y yo me quedo mirando el espectáculo desde la vieja mecedora de Fermín, que se está convirtiendo en mi otero favorito, en mi sofá frente a la tele.

A menudo me digo que todo lo que tengo es cansancio, pese a que seguiría trabajando en la finca de tener más horas de luz, porque parece que cuando me pega el sol mejoro y en cuanto deja de hacerlo me vuelve la locura... Igual es algo de la vitamina D.

Así que me mezo mientras contemplo la acequia enrojecer y apagarse, saco el cavaquinho, lo afino un poco y me arranco a tocar cuatro punteos, hasta que empieza a refrescar y las cigarras van dando paso a los grillos. También es mi momento de relax tras el palizón en la huerta.

Aún no sé por qué rayos me he traído el cavaquinho, supongo que porque mi psiquiatra me recomendó que tocara un poco, decía que es terapéutico. Dejé de tocarlo en cuanto me casé... Él decía que no era más que «un ukelele desafinado»; lo repitió varias veces, insistiendo machaconamente, como hacía con todo, hasta quitarme las ganas de tocarlo. Hubo una vez que incluso soltó que acabaría tirando «esa ridícula guitarrilla de tu padre» y que su sitio era el contenedor orgánico. Ni se enteraba de que esos comentarios me dejaban arañazos en la carrocería del corazón.

Arañazos que al final terminaban por oxidar la chapa.

Cuando se largó con su profesora de pilates me puse a tirar cosas a la basura y a reordenar la casa, en mi primer y penúltimo intento por superar la ruptura sin cambiar de vida ni salir de aquel piso, sin tirarme yo a la basura o al Tinder, valga la redundancia. Y en esas apareció el cavaquinho, olvidado en un altillo. Tan rojo. «Hola, soy tu menstruación. Tócame vivo».

Me acordé enseguida de cuando mi padre se empeñó en enseñarme acordes y me puse a los trastes... Y me sonó tan bien que desde que vivo en Finca Elisa lo toco casi a diario. Va a ser terapéutico, sí. ¿Un ukelele desafinado? Tú sí que sonabas desafinado cuando te tocaba, el tuyo sí que era un instrumento ridículo. ¿En serio estuve a punto de tirar mi cavaquinho al contenedor orgánico por él?

Noto que se me va encendiendo el cuerpo y se me agita el pulso, que me vuelve la mala leche. Sacudo la cabeza y, en un intento de pensar en otra cosa, llevo la mirada al carrizal que brota del azarbe a mi derecha y contemplo a la garza que se ha posado en él, para consternación de mis gatos.

Esa es la clase de cosas que me han recetado, entre el médico de mi irresponsabilidad y el agente de la libertad condicional de mi depresión.

Entonces va la acequia y se tira uno de sus pedos de metano; sube una burbuja de dos palmos desde lo hondo de la sangradera de los tomates y explota a pocos metros de mí, lanzando por los aires agua negra y lentejas de agua pestilentes, naturaleza muerta, pura y dura. Y ojo cuando el gas viene con tufo a azufre, porque esas mezclas son tan tóxicas que producen alucinaciones. Afloran con los cambios de temperatura y el machacar del sol, parece ser.

Lo mismo el fenómeno actúa como las crecidas y fertiliza las tomateras, que huelen que alimentan desde que las he destapado un poco. Al mirar la huerta desde el porche dan ganas de hacerse una ensalada.

Él no soportaba las ensaladas, pero a mí me vuelven loca.

—Sabrás tú lo bien que se vive en el contenedor orgánico —murmuro al puntear una melodía de Ed Sheeran.

Porque a ratos le hablo a Alexa, a ratos a Mao, a ratos al pantano, a ratos a la gente que solía creer mía y a ratos a mis adentros... Supongo que así es como se combate la soledad. Me debato a menudo entre recuerdos de mi vida anterior y la realidad que me envuelve ahora. Aún me entran unas lloreras que no consigo entender del todo, pero las dejo correr, como cuando me despierto toda sudada o con escalofríos, o sobresaltada por algún ruido en el marjal. Me digo que es el mono o algún pariente suyo. Se puede sobrellevar más o menos igual que la soledad, solo hay que buscarse puntos de apoyo.

Sale coqueta la luna, más sola que una, y la recibe el olor de mi cena, que acaba de romper a hervir como debe, y anda que no me sienta bien haberme reconciliado con otra cosa que se me daba estupendamente: cocer vegetales en vez de asar grandes animales. En lo que pasa la avioneta de fumigar, que vuela ya hacia el aeródromo para terminar la jornada, miro un momento al cielo y, aunque todavía no ha oscurecido del todo, hay tantas estrellas que me pregunto cómo demonios pude sobrevivir todos esos años sin verlas. Me gusta este sitio. Parece que no me cansaré de él enseguida.

—A ver si eres capaz de apartar del paisaje las luces de la Estación Espacial Internacional y las de los aviones que nos sobrevuelan —le digo al gato en cuanto vuelve de su ronda y se tumba en la baranda del porche.

Mao levanta la trufa al firmamento y bosteza. Luego me dice:

—Yo solo sé que al fondo a la derecha desfilan en línea recta un montón de artefactos de esos.

—Oh, eso es Starlink —contesto—. La constelación de satélites que nos da cobertura en este cenagal.

—Pues vale. Menos mal que no se trata del dron ese que nos sobrevuela cada dos por tres... Llevo tiempo intentando cazarlo, pero es que se mueve raro, no es como coger una libélula al vuelo.

—¿Un dron por aquí...? Eso no es ni medio normal.

Suena el teléfono, es mi hermano, y la cena ya casi está lista. Despacho un poco con él, controlo el fuego y luego le doy un telefonazo a una señora que no sé yo.

—¿Sí? —contestan al otro lado de la línea.

—Hola, buenas noches. Mire, soy Claudia Carbonell, la nueva propietaria de Finca Elisa.

—Ah —responde Elisa, la hija de Fermín, que suena como lo haría alguien a quien le acaban de fastidiar el día y no quiere que se le note—. Buenas noches, encantada. Dígame.

—Disculpe que la llame así, pero es por un asunto que la inmobiliaria me ha pedido que trate directamente con usted. El caso es que tengo un arma de fuego que era propiedad de su padre y no debería obrar en mi poder, que yo no tengo ni licencia.

—Ay, sí, es verdad. Los herederos ya estamos al tanto, y la Intervención de Armas de la Guardia Civil también, evidentemente. Verá..., el caso es que nosotros tampoco tenemos licencia de armas, por lo que la escopeta se nos dejó en custodia temporal, a la espera de ser entregada en depósito a la armería. Deme un segundo, que le pregunto a mi marido por el tema.

Escucho cómo deja el móvil sobre una superficie dura y,

a pocos metros de distancia, entabla una conversación con el que supongo que será su marido.

Y no es que yo entienda muy bien el valenciano, pero levantan la voz y no hace falta ser un genio para quedarse con que no están dispuestos a llevarse el arma ninguno de los dos, ni tampoco los hermanos de ella. Que por aquí no vuelven jamás, creo que dicen a medida que se arrancan a gritar. Y tampoco hace falta ser un genio para entender lo que viene a continuación: «Eixa escopeta del dimoni», «En quina mala puta hora no la vam llançar al fons de l'acèquia major», «A vore si ara eixa fulana es pega un tir i mos busca la ruina», «La puta arma de l'infern, per mi com si se la clava al cul», «Tu no vols altre mort a Finca Elisa i jo tampoc»...

Al poco ella vuelve a ponerse al teléfono y me pregunta si puedo entregar yo el arma a la Guardia Civil. Quedamos en eso.

Y así es como una se hace con un arma homicida sin licencia.

Porque la escopeta me la pienso quedar.

Día diez

En el que camino en sueños y retiro las sanguijuelas, y eso es titánico

Hoy me he despertado sonámbula a las tantas, algo que no me pasaba desde niña. Desengancharse es un sinvivir, supongo. Mi cabeza, que no para de inventarse nuevas maneras de fallar a medida que se desentiende de las viejas.

Soñaba que perseguía a mi espantapájaros de cráneo de oveja y lo hacía valiéndome de extraños pasos de baile, enroscándome como un gusano al ritmo de la canción de los grillos. El espantapájaros avanzaba dando saltitos con su cuerpo de escoba y sin parar de sacudir su peluca pelirroja de golfa, tratando de alcanzar la reunión de fuegos fatuos que danzaban en la portillera y se iban todos juntos hacia el mar, a un palafito que se levanta en el centro de las marismas. Entonces me he despertado dentro de la acequia, en camisón, cubierta de sanguijuelas a la luz de la luna y con los gatos mirándome como a un soplete.

Ya me he desparasitado y duchado, y ahora me hago una

taza de té para no tener que pelearme con el amanecer. Para colmo, ando hecha polvo porque ayer estuve rastrillando el cuérnago del reguero principal, me da un poco igual si no duermo a pierna suelta. Será que también estoy contenta porque, por mucho que no pare de delirar, parece que he dejado atrás al fantasma de los analgésicos más duros, y hasta los dolores crónicos y la depresión. Y eso es titánico, me digo.

—Titánico.

—¿El qué? —pregunta el gato.

—Lo mío —contesto sin dejar de mirar el cuadro de la Hidra.

—Pues vale.

La tetera se pone a pitar y al retirarla del fuego miro a los ojos a la anguila del bodegón.

—¿Y este cuadro?

—Pues como el otro. Los monstruos del pantano y eso.

—¿Daré con uno de esos en el fondo de la acequia?

Día once

En el que Apartagatos vuelve a la vida
y Mara Babel patea a sus gansos de asalto

—Ni se te ocurra montarte en eso —me dice Mao bufando al ver que descuelgo la vieja bici de Fermín y la pongo sobre sus ruedas flácidas, en el suelo del cobertizo.

Lo miro y luego miro el plato, la cadena y el piñón. Me encojo de hombros y examino los frenos. Vuelvo a mirar al gato.

—Loca, esa máquina del infierno lleva ahí desde antes del enrasado de la acequia, dejó de usarse más o menos cuando su dueño empezó a mear cada dos por tres.

Yo estudio la decrepitud del trasto con mi ojo clínico y la ceja en alto.

—Solo me preocupa ese cúmulo de óxido —murmuro al cabo de un rato—. El que tiene la junta de arriba del cuadro. El resto parece perfectamente capaz de llevarme, a mí y a otras dos como yo, que es una bici de las de antes. Y tú cabes en la cesta, Mao.

Mao arrea dos latigazos con el rabo, a diestro y siniestro, para luego decir:

—Yo ahí no me subo ni metido en un transportín.

—Tú verás, pero esta tarde pienso darme un paseo de los largos —contesto a la vez que estudio el horizonte tras la acequia y asiento con la cabeza—. Pienso orillar todo el pantano y peinarme hasta la última trocha que se distinga entre la maleza. Si sigo encerrada en Finca Elisa me voy a volver loca.

—Pues buena suerte con el barro y los mosquitos.

Pongo el caballete, que cruje cosa mala, y examino el inflador de las ruedas, que todavía suena peor.

—Pero sobre todo cuidado con el vecindario —insiste Mao antes de desaparecer al trote entre las alcachofas, con la cola en alto y los huevos bien expuestos.

La bici también se me pone chula, parece que se resiste a que la reanime, pero en apenas media hora de darle al inflador y soltar estratégicamente algo de aceite de oliva por la cadena y el piñón, consigo pedalear un poco y ya solo me queda graduar la altura del sillín y el manillar. Tengo una cesta de alambre y una bocina capaz de tronarle los oídos a media comarca, pero frenos no, porque el cable andaba tan podrido que se ha roto al tensarlo para probarlo. Ya buscaré la manera de poner uno nuevo, si es que lo consigo. Por lo demás, adjudicado: ya tengo bici, prueba superada. Es de color rojo, pero no rojo deslustrado, sino rojo patada en el higo, a juego con la verja de Finca Elisa. También es la bici de abuelo más fea de la historia. La fabricaron en Euskadi, pero cuando aquello todavía no era Euskadi. Está más llena de grillos que mi patatal, rechina a cada pedalada, así que le casco el nombre de «Apartagatos», y con ella y con mis mallas de *spinning*, que ya era hora de vestir algo que no fuera ropa vieja o el chándal de arar, me voy a conocer mundo.

Qué pena que sea tan cansado.

Porque Apartagatos pesa más que yo y se atasca en cada lavajo del camino; y no hablemos de lo que es surcar un barrizal con ella. Termino posando el culo en el sillín muy de uvas a peras, pedaleando en pie como si en vez de por el marjal estuviera circulando por el Pirineo. Si sigo haciendo tanto ejercicio me va a dar un soponcio, me digo. Pero en el fondo sé que es de las cosas que más me están ayudando a recuperar la cordura, si es que la estoy recuperando y no perdiéndola definitivamente, que yo qué sé.

Dejo atrás la finca del vecino, que está casi sin cultivar, apenas la usa más que para venir a hacer barbacoas y paellas los domingos en los que el tiempo acompaña. Es un dominguero de la ciudad con dos chavales adictos al tirachinas, gente a la que apenas estudié por encima, entre el follaje de los frutales, la semana pasada. Lo bueno es que no me dará problemas de ningún tipo.

Tras su finca va otra totalmente abandonada y apuesto a que es el criadero de ratas más eficiente de todo el pantano. Luego aparece la acequia mayor y, al otro lado del camino, se asilvestra un naranjal muy saqueado. Después hay lo que parece un melonar más que echado a perder, que supongo se estarán zampando los topillos, y en eso que, cuando ya llevo como diez minutos al manillar por culpa de lo generosamente largas que son las fincas del lugar, cuando ya casi rompo a sudar y he dejado atrás como tres o cuatro desvíos hacia unas veredas y trochas secundarias casi cerradas por la maleza, solo entonces, a vueltas con mi paciencia, doy con la casa de Mara Babel.

Porque eso es lo que pone en el enrejado de su verja; arriba, bajo el paso del arco del portalón. Es una alquería muy cuca, ajardinada, con ínfulas de villa de recreo. Apenas veo cultivos que no sean ornamentales, hay mucho derroche de flores absurdamente bien cuidadas, como geranios y rosales; también muchos árboles para sombra y plantas bonitas, ya sean exóticas o del terreno. Con todo, la finca luce de lo más repintada y coqueta. Una chulada. Casi un chalecito, pero con la tira de fanegadas de terreno detrás.

Y dos enormes gansos de guarda, espantosamente dentados, que se arrancan a graznar con las alas bien abiertas en cuanto me acerco. Deben de pesar seis kilos cada uno, los han cebado como para hacer fuagrás. Menos mal que está la verja, porque fijo que me majarían a picotazos si pudieran.

Me dispongo a pasar de largo antes de que los bichos tiren la puerta abajo cuando sale Mara a recibirme. Una chica más o menos de mi edad, pero en color rojo hipertenso, con demasiado sobrepeso, muy querida por sus chuches, de tetas montuosas y todavía más tamaña mala leche.

—¡Chitón, pajarracos de los cojones! A un lado los dos ahora mismo o vais a ver lo que es llevarse un hostiazo mañanero —dice mientras la emprende a empellones y puntapiés con el ganso más grande, empleando exactamente los mismos andares que él—. Que estáis aquí para espantarme a los pinchotas y no a la nueva vecina... Porque tú debes de ser Claudia, ¿verdad?

—¡Hola! Pues sí, soy Claudia, Claudia Carbonell —me presento, y le tiendo la mano en cuanto me abre la puerta y se me planta delante, resollando inmensa, para arrearme dos besos gigantes, con una sonrisa tan redonda como ella.

—¡Encantadísima! —añade—. Y bienvenida al pantano.

—Mil gracias. Oye, ¿cómo es que sabes mi nombre? ¿Te ha hablado Olegario de mí?

—Olegario es el pregonero oficial de este sitio, me cago en su sombra. ¿Pues no nos anunció a bombo y platillo tu incorporación a la comunidad en la última reunión, y seguro que para entonces ni te había entregado las llaves?

—¿Reunión?

—Sí. A ver, los que vivimos por aquí todo el año solemos juntarnos para matarnos de asco los viernes por la tarde en una caseta de plástico que hay al final del camino; verás que es una caseta de mierda, tan chunga que parece salida de Amazon y montada de mala gana. Yo la echaba abajo de un pedo, pero nos vale de sede social para la asociación de vecinos.

—Anda, pues ya me pasaré. Está muy bien que os hayáis asociado, me vendrá de perlas para instalarme.

—No esperes gran cosa, no es más que un coñazo que tenemos montado los propietarios de las fincas de este ramal de la acequia, el tinglado ese que Olegario llama «Comunidad de Regantes» contra la voluntad popular y sin más bandera que sus huevos... Pero a lo que íbamos, el caso es que el otro día nos habló de ti y, dado que por aquí solo se asoman los de siempre, los pinchotas y algún que otro enjambre de mosquitos, pues blanco y en botella, te he visto y me he dicho enseguida que tú eras tú.

—Entonces, ¿eres... Mara? —digo levantando los ojos hacia lo alto de su verja y con una sonrisa.

—Claro. Es un nombre artístico, Mara Babel, pero es que el mío me la suda porque es más feo que un pie. Y paso de ponérselo a la finca, que me tienes aquí todo el puto día teletrabajando, pero estoy para lo que necesites cada vez que vengas a verme. Y ahora pasa, anda, que ya es la hora del vermut.

Y me lleva hacia su casoplón repintado en colores escandalosos, sin que los gansos paren de graznar y ella de soltar palabrotas, y tanto lo uno como lo otro son dos cosas que suceden con el mismo tono, timbre y cadencia. Me hace pasar a un emparrado que tiene en el porche, bien cargado de unos racimos de uva profundos y rotundos, que aporta una sombra magnífica; todo para tomar al fin asiento a su lado, frente a una mesa tan coqueta y decorada como el resto de la casa.

A escasos metros de nosotros está el que debe de ser su

padre, un octogeranio inmerso en la que, a juzgar por lo vacío de su mirada y de su expresión facial, consiste en su principal ocupación: hacer la fotosíntesis.

—Mi padre. El pobre ya hace años que no sabe ni dónde tiene la minga. Y casi que es mejor así, créeme. Los gansos me hacen mil veces más compañía.

—Yo tengo gatos, si no me volvería loca. Aunque, bueno, en realidad casi todos los días cruzo un telefonazo con mi hermano. Entre eso y el teletrabajo, la realidad es que se me está haciendo llevadero lo de vivir sola en medio de ninguna parte.

—Pues yo me jodo la vida traduciendo textos técnicos y para hacerlo en un piso minúsculo mejor lo hago en una finca donde se puedan meter cien coños como el mío abiertos de par en par —me suelta al tiempo que cierra y aparta un portátil de esos de la manzana para poner una botella de cristal tallado en su lugar y luego hacer aparecer dos vasos de chupito de no sé dónde—. Habrás visto que aquí internet va como el culo cada dos por tres, pero yo con que llegue el correo electrónico ya me apaño para hacer lo mío. Y hablando de las cosas que hago, no habrás probado en toda tu puta vida de urbanita un licor de granadas con chufas mejor que el que destila Mara Babel.

Me sirve un taponazo de lo que parece alcohol de quemar, pero en rosa, como ella.

Que no sé yo cómo va a sentarme en plena desintoxicación, aunque, eh, rico está, muy a lo lejos del regusto a lava de volcán. A duras penas consigo no ponerme a toser o cambiar de color cuando me lo trago. Me imagino por un momento la clase de alambiques que tendrá junto al dormitorio y no puedo evitar preguntarme para cuándo la explosión que convertirá su finca en un cráter.

—¿Viniste con la pandemia? —pregunto—. Olegario me dijo algo de eso y…

—Olegario, debo insistir, es el cotilla más grande de todo este cenagal de verduleras, el muy cabrón. Ya te digo, si te pones la banda ciudadana —dice apuntando de una cabezada a un *walkie-talkie* que tiene en la silla de al lado—, lo podrás escuchar todo el puto día cascando de cuanto se entera… Pero a lo que íbamos, yo me vine durante la desescalada, sí, tras el primer confinamiento duro, pero lo mío con este lugar ya venía de lejos —sentencia, para luego sentenciar su bebida.

—Me pasa algo parecido —confieso—, siempre soñé con dejar la ciudad. Y eso que apenas he conocido otra cosa.

—Pues como yo, y como muchos otros de por aquí… Es casi siempre lo puto mismo. —Y se vuelve a llenar el vaso—. Yo ya andaba con el sueño húmedo de ruralizarme en el humedal al poco de empezar a ejercer mi oficio cuando el confinamiento y la masacre de las residencias me convencieron de heredar y adecentar la alquería en la que me crie… Porque esto era de mi madre, quien cuidaba de mi padre. A ella se la llevó el virus y a él me lo he quedado yo.

—¿Y qué tal te va ahora?

—La verdad —dice asintiendo con pasión— es que, tras veinte meses de experiencia, prefiero estar a solas con mi padre en este retiro que en un hormiguero de malfollados. Y no, no me aburro aquí. No quieras saber cómo de chungo me fue durante los años en que recorrí medio planeta trabajando de traductora jurada en tiempo real. —Y se arranca a dar unos aspavientos que parecen de felicidad, como el que abraza lo que le rodea—. ¡Como en esta jodida charca, en ninguna parte, créeme! Instalarme aquí ha sido la mejor decisión que he tomado en mucho tiempo, y eso que a mi padre a ratos se le va la olla y se escapa vete tú a saber adónde... Y a ti, ¿qué fue lo que te hizo decidirte a dar el salto? Porque también hay que armarse de valor.

Suspiro y desvío la mirada hacia la acequia que cierra la finca de Mara, inmensa, cubierta de lentejas de agua y plagada de camalotes; vista desde aquí, tiene un terreno que parece más un viñedo o un jardín que una alquería junto a la ciénaga. Me la imagino arrojándose en bomba nuclear para darse un chapuzón en la alberca al sol de agosto y no puedo evitar sonreír, pero luego, al volver para mis adentros, enseguida se me turba el ánimo y me invade el tono gris que me trajo hasta Finca Elisa.

—A mí me ha mandado a este sitio el malvivir, la verdad. —Me encojo de hombros, sin saber cuánto contarle a una desconocida a bote pronto—. No me ha ido nada bien últimamente. Es una historia larga, pero se puede resumir en que me ha tocado huir de la ciudad, en cierto modo.

—Pues has hecho bien, porque aquí nadie quiere saber nada del mundo asfaltado y en el mundo asfaltado nadie quiere saber nada de los que estamos aquí. En pocas semanas estarás a gusto en el pantano, ya lo verás. Dime si quieres un par de gansos de guarda, o cuando necesites huevos de mi gallinero. Y no dudes en pasarte a tomar un vermut cada vez que te apetezca hablar. —Y me sirve otro tiro.

—Oye, que a la huerta también he venido con la idea de desintoxicarme —digo riéndome—. Y a tu casa he llegado conduciendo.

—Bah —contesta con una sonrisa lobuna—, me como el papo a que esa es la bici de cuando Fermín todavía podía pedalear. —Y nos reímos al unísono—. Si has conseguido ponerla en marcha, perfectamente puedes volverte borracha con ella hasta tu alquería y luego dormir la mona a pierna suelta, que te lo has ganado solo con regar todas las tablas que tienes.

Brindamos por eso y entonces se pone seria.

—Solo has de cuidarte de no regresar de noche, que estos caminos no son nada buenos en cuanto oscurece... Hazme caso, me cago en Dios, y ni se te ocurra salir de tu finca tras la puesta de sol.

—¿Otra vez con eso? Porque ya me lo avanzó Olegario... ¿Qué pasa al anochecer, que salen los zombis?

—Pues sería preferible, porque aquí lo que pasa son mil cosas chungas a la vez. Para empezar, sucede que, con la de brumas y vapores apestosos que levanta el pantano en cuanto cae un poco la temperatura, de pronto se te puede poner todo más negro que el sobaco de los putos grillos. Y como enciendas una linterna o algo enseguida te verás envuelta en un enjambre de mosquitos tan espeso que se te llenará la boca de bichos a poco que la abras; pero lo peor de todo es que tampoco te puedes fiar de los faroles de las fincas porque aquí, según qué noches, hay tantos fuegos fatuos que lo mismo acabas dentro de la acequia solo por avanzar hacia una luz.

—Bueno, tampoco es para tanto. Se puede resolver yendo en coche, supongo.

Ella niega con la cabeza.

—Tampoco ayuda la marea cuando la albufera anda bien encabronada, y lo más endiablado de eso es que no ocurre de forma uniforme, sino por cauces; según estén de secas las distintas albercas y se hayan drenado según qué parcelas de embalse, puede suceder que se inunden unas partes del camino hoy y otras mañana, por lo que vete tú a saber en qué direcciones podrías tener que continuar, por cojones o no, en un momento dado. Al final te toca improvisar la ruta y eso es malo, porque ni idea de adónde te mandará. Que de tu finca a la mía hay como tres o cuatro cruces e intersecciones de caminos, si te fijas bien. Por mucho que tú te hayas limitado a avanzar en línea recta, en realidad este sitio se hace un laberinto cambiante si vas a oscuras. Y ya sabrás que los mapas de Google por aquí fallan como una escopeta de feria, conque…

—Vaya —digo agitando una mano como el que intenta sacudirse un problema—, pues sí que pinta feo. Gracias por el aviso, tomo buena nota.

—Espera, espera, que no he terminado. —Se ríe—. Que aquí hay ratas muy grandes. ¿Por qué te crees que tienes tantos gatos en Finca Elisa? Como te topes con ellas yendo de camino vas a conocer el miedo, porque muchas son de las que lo mismo te plantan cara si les cierras el paso... Pero el colmo son los yonquis que a veces se meten por aquí.

Pongo cara de pánico pero no digo nada, solo abro los ojos como platos. La dejo echar otro trago y seguir desbarrando:

—¡Gentuza! ¡Joputas! Maleantes y chorizos, a menudo a medio organizar, pero siempre en grupitos de tres o cuatro. Saben que por aquí apenas vive nadie y, de tanto en tanto, se cuelan por las fincas para ver si dan con algo de valor, o si se pueden apalancar en una alquería y ocuparla una temporada para arrasarla en el proceso.

—Ay, por favor, no me vengas ahora con eso, que me dijo Olegario que se había resuelto.

—Pues porque ya hace tiempo que consiguió que no volvieran por aquí, pero ya veremos. La última vez huyeron despendolados gracias a la guarda de campo que nos patrulla la zona de cuando en cuando... Se llama Alicia, Alicia Ordóñez. Una rubia en un Nissan Pathfinder blanco, con el logo de la empresa de seguridad privada en el capó, va armada y la muy jodida tiene más músculos que el forzudo de un circo. La asociación le paga una minuta mensual por escuchar también la banda ciudadana que empleamos. ¿A qué esperas tú para ponértela? Es la red social de este sitio.

Y la conversación sigue y sigue hasta que me siento realmente cómoda, empieza a oscurecer y me larga con viento fresco y un abrazo, insistiendo en que no se me haga de noche por el camino.

Cuando enfilo hacia la salida y ella hacia el interior de la casa, su padre se levanta y me sigue hasta la verja para decirme:

—Este pantano te tragará. Se te llevará consigo en cuanto llamemos al gusano.

Día doce

En el que barro un ratón para la resaca y trato de descifrar la guía telefónica del infierno

—Hoy me he levantado con resaca, supongo.

—La pregunta es… ¿con resaca de qué? —contesta Mao sin dejar de atusarse sobre el mármol de la encimera. Es su puesto de guardia favorito en la cocina, donde mejor se mimetiza. Creo que ya lo prefiere a la copa del melocotonero. Pero nada iguala a la baranda del porche, junto a mi mecedora.

Siento como si un clavo de dos palmos se me hundiera en el cuello y el pinchazo es tan tremendo que casi me obliga a doblarme por la mitad. Me ha vuelto un poco la fibromialgia, parece ser, porque no me siento con fuerzas para hacer nada, ni siquiera de regar. Y el dolor me mata y se apodera de mí. Incluso se me hace una montaña terminarme la infusión del desayuno, así que paso la mañana en la mecedora, con el portátil en el regazo, intentando teletrabajar. Tengo que corregir los trabajos de docena y media de alumnos y luego todavía he de colgarles la segunda práctica en el aula virtual. Puedo hacerlo, puedo hacer de todo, me digo. Me insisto. Solo tengo que ingeniármelas para no mover ni el cuello ni la cabeza.

Maldito licor, bendita Mara Babel. A juzgar por cómo me ha llenado el Instagram, creo que acabo de hacer una especie de amiga; pero no una como las compañeras del trabajo, sino de las que te aportan algo más que dolores de cabeza y protocolo. Qué pena que apenas pueda andar y que hable como un estibador.

Hacia el mediodía me las apaño para calentar algo de comida, tomarme dos ibuprofenos y hacer un amago de siesta. Me despierto a media tarde un poco mejor.

Es sorprendente cómo lo estoy llevando: ni rastro de mis depresiones, con la reducción gradual de las dosis consigo torear al mono, y los ataques de ansiedad y de pánico que me cogen los controlo bastante rápido y sin que escalen. Este sitio me hace bien.

—Hale, a cenar —maúlla Mao tras escupir el ratón que traía en la boca y ahuyentar con su presencia a la pobre siamesa.

—¡So marrano! Te tengo dicho que no hagas eso.

—Cazo para ti, loca. Porque te veo tan aplatanada que me da que hoy no te llegan las fuerzas ni para hacerte una ensalada —bufa.

Y se larga con viento fresco.

Me digo que tengo que buscar la escoba y el recogedor

para deshacerme de la alimaña y así lo hago. Sin apenas dolor. Parece mentira, pero desaparece, o al menos remite, en cuanto me integro con la alquería, o algo así. Es increíble, ¿me estaré recuperando a base de deslomarme? Ya puedo podar cuatro copas sin apenas perder el control.

Me animo a salir y abro cuatro compuertas de riego donde veo más seco el sustrato, y con eso ya vale de huerta por hoy, aunque mañana me espera un palizón por tomarme la mañana libre. Le voy cogiendo el punto a todo. Ya solo me queda la maldita emisora de banda ciudadana.

Me planto otra vez delante de ella. Junto al micrófono sigue uno de esos calendarios de arrancar las páginas, parado en el 12 de mayo. Será la fecha de la defunción de Fermín, me digo. Junto al calendario hay un bloc de notas de antes de la guerra en el que hay escritas mil cosas en códigos incomprensibles; me pregunto si tendría que buscarlos en Google, pero me da pereza y es igual, porque tampoco me hace mucha ilusión reconstruir mi vida social. De momento, con mi hermano, Olegario, Mao y Mara voy servida. Salvo a mi hermano, apenas los conozco, qué demonios. Vayamos despacio.

Paso las páginas del bloc con un bostezo hasta que doy con una especie de directorio. Tiene nombres y al lado códigos. Salen Olegario y Mara entre muchos otros, algunos con nombres y apellidos y otros con apodos, porque no creo que nadie se llame «Giliplutón», «Rabocop», «Noche Cerrada» o «Brujo de Larvas».

—¡Mao!

—Mao.

—¿Qué es un brujo de larvas, Mao?

—Buena pregunta —dice largándose de vuelta al porche, tras constatar que no lo he llamado para darle croquetas—. Llevo como trescientos años haciéndomela.

—Pero es un vecino, ¿no?

—Claro, loca. Y el rocío de la mañana, otro.

—Eres de gran ayuda.

—Soy un gato Bajun, no uno de esos cristales luminosos que usas de oráculo. Ni tampoco la voz esa que sale de tu aparato de música.

—Alexa, ¿quién es el brujo de larvas?

—Lo siento, me temo que no puedo ayudarte.

—Alexa, pon música de Avril Lavigne.

Día catorce

En el que hay escapada y pillada
y salta todo por los aires

Ayer desbrocé, ya del todo, la fanegada que seguía en barbecho y hoy al fin la he sembrado, espero que bien. Ya tengo toda la finca en funcionamiento. Yo solita. En dos semanas he puesto en marcha Finca Elisa como buenamente he podido, y ya veremos qué cultivos salen adelante y cómo lo hacen, pero me digo que no está nada mal para una novata.

Toca airearse un poco, descansar.

Conque me meto un par de minutos en la alberca hasta que cambio de color, que ya no estamos en verano y el agua anda demasiado fría para relajarse. El caso es que me seco al sol y, tras temblar un buen rato, acabo como nueva, así que tendré que repetirlo.

Luego dejo en remojo los harapos a punto de estallar con los que trabajo y me pongo ropa de ser humano cuerdo, no sin aprovechar la ocasión para arreglarme un mínimo la coleta, que ya está bien de llevarla hecha un desastre. Acto seguido, me monto en Apartagatos y esta vez salgo en dirección opuesta a la que tomamos, mi bici y yo, en nuestra primera excursión juntas por la huerta. Voy a ver si doy con la cabaña de jardín que usan los vecinos para reunirse los viernes, que creo que es mañana.

O yo qué sé. Porque diría que es jueves. ¿No?

Desde que llegué a este sitio es como si el calendario ya no fuera conmigo; las horas parecen no avanzar salvo cuando teletrabajo, ahí todo vuelve a funcionar con normalidad, devengo de nuevo en un acumulador de estrés, pero resulta ser mucha menos presión desde que ya solo ejerzo la docencia, se hace llevadero. El resto del acontecer transcurre siempre raruno aquí, ya llevo dos semanas y sigo sintiéndome en una distorsión del espacio-tiempo y del sentido común.

No existen las prisas. No existen las esperas tensas. No existen los plazos. Al sol todo se la suda y tú sudas por él. A la luna todo se la trae floja y tú flojeas con ella. Porque a la cama llego siempre despanzurrada. Y ahí empiezo a ver que necesito mis descansos, cambiar el chip de tanto en tanto.

Así que cierro la verja, que sigue sonando a ballena azul herida de muerte cada vez que rechinan sus bisagras. Tengo que ponerle aceite y nunca me acuerdo, me repito mientras tiro hacia la carretera y el pueblo, diciéndome que justo en el acceso principal a estos terrenos será donde sin duda encontraré la sede social de la Comunidad de Regantes. Aunque lo cierto es que también quiero fisgar en las demás fincas, ver cómo les va la pelea contra el pulgón a mis vecinos y qué distancia ponen entre los caballones, copiarles algunas rotaciones y fijarme en sus variedades, por si termino mendigándoles semillas; y que me dé un poco el aire, salir un rato, qué demonios, que ya me toca, insisto.

Dejo atrás el cañaveral salvaje que se enseñorea de la finca que colinda con la mía y que hará ya décadas que el pantano se comió, un barrizal oscuro que me aporta intimidad y protección frente a los merodeadores. Tras él hay un arrozal algo dejado pero precioso en el que pescan un par de garzas reales, tan hermosas como zancudas. Mala cosa, me digo; si se prodigan demasiado, al final se comerán los pececillos que mantienen a raya las larvas de mosquito. Habrá que informar al propietario en cuanto sepa quién es. Me dirijo también al puesto de la asociación, a ver qué gente hay por allí.

Al otro lado del camino solo veo frutales, parcelas echadas a perder y barbechos, pero ni vallas ni muros ni nada edificado, únicamente cultivos ramplones, con tristes cabañas de PVC para guardar aperos y poco más. Luego doy con un cruce de caminos, pero el arrozal está anegado y eso se lleva al fango las posibilidades de efectuar un giro a la derecha. No puedo evitar acordarme de cuando Mara me hizo sabedora de que los riegos y las mareas suelen cerrarles el paso a estos senderos.

Sigo recto, hacia la civilización, en busca de la caseta del vecindario. Paso junto a un par de villas y hay una guardada por un mastín más grande que Apartagatos, que por poco me mata del susto con sus ladridos. Debo de apestar a mininos o algo. Pedaleo más fuerte sin dejar de fijarme en que, salvando una coqueta casita de campo como la de Mara, repensada para el recreo, todas las viviendas de por aquí son como la mía. Ya sean fincas de gallinero y maizal, ya de cítricos u hortalizas, las construcciones de la zona, vistas desde fuera y a matacaballo, pintan siempre espartanas y discretas. Las hay de hormigón y toscas como la mía, pero predominan las de madera, por aquello de que esta zona no es urbanizable, en rigor.

Sigo un poco más y, a lo lejos, cuando ya empiezo a cansarme, veo la salida a la carretera. A un lado hay un apartadero sin vallar en el que se pudre una enorme caseta de PVC, con las puertas no se sabe si abiertas o a medio descolgar.

—¡Bingo! —le digo a Apartagatos—. Si eso no es una garita o una parada de autobús abandonada desde hace mucho, acabamos de dar con el sitio donde se reúnen nuestros vecinos.

Me apeo y dejo la bici junto a la puerta de la cabaña. En otra época y otro lugar supongo que la candaría, pero está claro que nadie me va a robar tan achacoso corcel. Además aquí no hay nadie. Camino arriba, algo alejado, se adivina un anciano de interminable barba que baja directo hacia mí, pero dentro de la caseta ni un alma. Solo olor a humedad, a plástico viejo pudriéndose al sol, una vetusta mesa de tablones de madera y caballetes medio devorados por la humedad, a juego con docena y media de sillas plegables baratas, un corcho en la pared con sus papeles y sus chinchetas y se acabó. Para qué más.

Se ve que aquí lo que hacen es ante todo discutir. Esto va a ser como el rellano de una escalera y fijo que las trifulcas acaban exactamente igual, pero en rústico.

Pues nada, mañana por la tarde lo mismo me asomo de nuevo. Me dispongo a largarme tal cual y por donde he venido cuando se me ocurre echar un vistazo a los papeles que hay claveteados en el corcho de la pared, y eso que *a priori* no sorprenden.

Porque se ha perdido un *golden retriever* negro por la zona, se vende una bomba de riego japonesa en buen estado, hay lotería de Navidad en la finca, tal y cual... Solo me salvan del bostezo los detalles, como que algunas de las notas parezcan garabateadas por analfabetos graciosos, o que nadie las haga con impresora salvo Mara, que vende «polluelos de ganso de asalto», y lo pone en el pie de una foto trucada que muestra a los pollitos desfilando frente al palco de la familia real el día de las Fuerzas Armadas.

Luego hay unos folletos del apicultor de la zona, que es un chico joven y guapo, con el pelo de color miel. Se nota que los ha pensado para que vengan de fuera a comprarle género, porque tienen un código QR de geolocalización y hasta el icono de Instagram para que mires fotos. Me llevo uno, pues veo que está documentado a más no poder, al pie incluye una URL con dominio propio.

Me maravilla que casi nadie aquí ponga precios ni teléfonos ni e-mails, ni nada que no sea el indicativo de radioaficionado por todo dato de contacto. Por lo demás, hay un vecino que trata de vender una parcela en la zona y la describe como «hechada a perder mumalamente»; hay varias notas en valenciano y algunas otras en ruso, o lo que sea que hayan garabateado en cirílico, que no tengo ganas de pasar por el Google Translate después de ver lo demás, porque luego hay una tabla con los turnos para ir a la cooperativa rural a hacer papeleos y encargos, otra que recoge someramente los pagos pendientes y efectuados a la asociación, otra llena de claves y notas de radio como las que tengo en el bloc de la emisora de mi casa, otra para ir a las taquillas postales de la ciudad «a recoger los paquetes de AliExpress»... Este sitio no deja de sorprenderme, parece estar a caballo entre la España vaciada y la que trata de huir despavorida de los precios de las ciudades.

Pero sin dejar de celebrar Halloween con su foto, o algo así será, porque hay también una Polaroid de esas de ahora, una foto instantánea moderna, en la que salen todos disfrazados de fantasmas, o de miembros del KKK, o algo de eso, a cuál más muerto de la risa y hasta el último bien envuelto en su sábana pero con la capucha quitada, aunque perturban un par de caras serias en una foto así. A modo de gamberrada ya integral, alguien (apuesto a que Mara) ha impreso a gran tamaño otra foto, también de grupo, de una paella que se comieron justo aquí hace poco, no sin antes pasarla por uno de esos programas que te añaden efectos graciosos de fondo y tal... Así que salen, con corta y pega, sobre un paisaje lunar pero dispuestas en formación de combate alrededor de la paella, como veinte personas de todas las edades y condiciones. Intento no mirar demasiado al apicultor guaperas y me pregunto quién será el difunto Fermín, porque cuento como tres o cuatro yayos, aparte del padre de Mara y de Olegario. Hay uno que me suena de algo, terriblemente carcamal, con unas barbas de profeta que le llegan a la panza; también una mujer jorobada hasta doblarse, un señor enorme de color amarillo hepatitis terminal, un par de chavales que ponen morros por querer irse, dos gemelos que parecen haberse cortado el pelo el uno al otro a mordiscos y al mismo tiempo... Pues estupendo, así que estos son mis fabulosos vecinos. Me quedo con sus caras como buenamente puedo.

Diría que ya lo he leído todo cuando doy con lo que semeja una fotocopia de un periódico antiguo. De un periódico antiguo... en inglés.

El titular reza: «The Tunguska explosion could have been caused by a massive leak of natural gas».

¿Qué demonios es esto?

Se trata de un artículo... ¡de divulgación científica! Sobre el evento de Tunguska.

He oído hablar de aquello, es bastante popular, aunque ocurrió hace mucho: un meteorito se estrelló en la taiga siberiana, o algo así. No sé del tema salvo lo típico, supongo, que fue una de las explosiones más tremendas que se han registrado en la historia y que arrasó una extensión brutal de tierra. También que en su día la hecatombe resultó un tanto misteriosa por no dejar cráter alguno, y de ahí que haya hordas de magufos y cantamañanas de lo oculto usándola para justificar hasta la más absurda de las teorías paranormales y las batallitas de platillos voladores. Será que hay algún flipado de esos por la zona, son una plaga que no se va ni con glifosato.

Pero lo cierto es que el artículo, que leo en diagonal por aquello de que tampoco es que me interesen mucho estos temas y porque me da pereza despacharme a bote pronto un texto tan largo en inglés, lo que dice es que Tunguska siempre ha sido una zona pantanosa en la que lo que explotó no fue un bólido del espacio exterior, sino una bolsa de gas natural de diez millones de toneladas, procedente de las profundidades de la corteza terrestre. Qué cosas. ¿En serio esto es del interés del vecindario?

—¿Sabes que este sitio ya era un humedal hace trescientos millones de años, rubia?

Me vuelvo del sobresalto para ver quién acaba de pillarme curioseando el papel más raro de todo el corcho y me encuentro con el vecino más peculiar de todo el pantano. El de la barba cana hasta la cintura. Vaya, el mismo que venía hacia aquí cuando he llegado, el de la foto que he estado escudriñando.

Si no estuviera hecho una momia, daría miedo. Pero luce

inofensivo porque no debe de pesar ni treinta kilos y aparenta más edad que el padre de Mara.

—Eeeuuuh... Hola. Qué susto. Soy Claudia, la nueva vecina —digo intentando recomponerme y devolviendo al corcho el artículo de prensa.

Me mira y me aquilata a conciencia. Por un instante, cada uno de sus ojos parece brillar como los LED de la carcasa de un ordenador cuando te indican cómo de rápido se está procesando la información. Y es a toda mecha.

—En este pantano —sigue diciendo en un tono todavía más solemne— la materia en descomposición se lleva precipitando hacia las capas bajas del sustrato desde los tiempos en que no había más que un continente en todo el planeta. Aquí se ha formado una enorme bolsa de gas natural que ha empezado a aflorar hace poco. ¡Caminamos sobre una bomba, una inmensa bomba, que está a punto de estallar!

Levanto mucho las cejas. Va a ser que este está más zumbado que el padre de Mara. El pantano los cría y ellos se juntan. Hora de entonar el «que si quiere bolsa».

Bolsa de gas.

—Bueno, yo ya me voy, solo pasaba por aquí y...

—Y te fijaste en lo de Tunguska —me interrumpe—. Pues muy bien hecho, rubia. Yo soy el socio que puso ese papel ahí. Hablemos de él.

—Disculpe, pero le repito que yo apenas estaba curioseando... ¿Con quién hablo, por favor?

Suspira y se cruza de brazos. Amusga los ojos y se calza

una mueca de disgusto en el hocico, haciendo ver que ya casi no le quedan dientes ni tampoco ganas de ponerse una prótesis.

—Polígono veintiocho, parcela doce, justo aquí enfrente. Me llamo Jose Carlos Plaza, pero para los demás soy solo «el cabrón del veterinario». —Me tiende la mano y nos la estrechamos más mal que bien—. Para lo que necesites con tus animales ya me buscas por radio... Pero vamos a lo que importa: tú eres ingeniera agrónoma, ¿no? Porque eso nos contó Olegario. Pues bien, necesitamos que informes a la Guardia Rural de los niveles de metano que se están acumulando aquí, en vista de que la mayor parte de tus vecinos no quieren ni oír hablar del tema. O te repito que esto acabará estallando.

Calibro lo que dice con cuidado, meneando la cabeza y mandando los ojos a un lado y otro. Tengo que mirar en la *Wikipedia* cómo va lo del gas de los pantanos, que este carcamal estará como una cabra pero de tonto tampoco parece que tenga ni un pelo y seguro que me la va a liar parda con sus chaladuras como no espabile. A ver, ¿cómo se hacía para escaquearse de estas?

—Verá, la cuestión es que ese no es mi campo, más bien parece cosa de geólogos. Aparte, yo he venido a cultivar mis tierras y a descansar de la ciudad y poco más, no estoy en calidad de profesional para ningún asunto científico-técnico, de modo que...

Él alza la palma de la mano en un gesto de rechazo, como

el guardia de tráfico que te cierra el paso. Con la misma cara de pocos amigos.

—Vale. Vale pues. Ya hablaremos. —Niega con la cabeza y se le escapa una sonrisa amarga—. Ya hablaremos, descuida.

Y sale por la puerta, caminando a paso ligero y visiblemente contrariado. Parece estar más en forma de lo que aparenta lo escuálido y avejentado de su porte; también creo que se ha llevado un buen chasco conmigo. Según se larga, no para de parlotear y refunfuñar.

—Un par de semanitas más por aquí, rubia. Eso es todo lo que te falta. En un par de semanas tú misma me andarás buscando para hablar del asunto...

—Hasta lueg...

—... si es que no saltamos todos por los aires durante la próxima tormenta.

El biogás es un combustible que se genera en medios naturales o en dispositivos específicos por las reacciones de degradación de la materia orgánica, mediante la acción de microorganismos y otros factores, en ausencia de oxígeno. Este gas se ha venido llamando «gas de los pantanos».

Se trata de una mezcla constituida por metano en una proporción que oscila entre un 50 y un 70 por ciento en volumen, y dióxido de carbono, más pequeñas proporciones de otros gases como hidrógeno, nitrógeno, oxígeno y ácido sulfhídrico, o sulfuro de hidrógeno. El biogás tiene como promedio un poder calorífico entre 18,8 y 23,4 megajulios por metro cúbico (MJ/m^3).

Wikipedia

Día quince

En el que hay distracción integral a las cuatro ruedas, tortilla de cebolla y cháchara de chochos

Un enorme todoterreno *pick-up* de formas redondeadas, color próximo al rosa chicle y efecto lacado *gloss* hace sonar el estrepitoso poderío de su claxon frente a la verja de Finca Elisa.

Irrumpe en mi paz interior justo cuando estoy más concentrada en pelearme con la bomba del pozo, y por poco me mata del susto.

No lo he oído llegar porque voy con los auriculares puestos y, acabáramos, no espero ninguna visita. Miro el cacharro con pasmo y me digo enseguida que semejante error de la industria pesada solo puede ser de Mara.

Esta tarda como un minuto entero en bajar del asiento del conductor, ir a la parte trasera, sacar de entre la carga un par de bolsas y plantarse frente al candado de dos palmos que mantengo siempre bien cerrado desde que me calentó la cabeza con la de delincuentes que merodean la zona.

—¿Vas a abrirme tú, mala puta, o lo tiene que hacer el parachoques de mi Maramóvil con distracción integral? —me suelta.

—Por poco me caigo al pozo del susto que me has dado —digo al dar por fin con las llaves, tras revolver un poco en la panza del cadáver en avanzado estado de descomposición en que se está convirtiendo gracias al sol de la huerta lo que solía ser mi bolso—. Ya podías avisar de que venías al menos.

—Oh, lo he intentado. Varias veces. Pero tienes apagada la radio.

—¿Y para qué te he añadido a mi Instagram?

—Pues para no tenerlo jodidamente vacío. Apuesto a que antes lo frecuentaba lo más golfo de Madrid sur, a juzgar por las fotos que no has borrado todavía.

—Calla, calla, que no sabes lo largo, pesado y doloroso que es limpiar esos tinglados.

En cuanto la verja de mi finca deja de aullar como Moby Dick al hundirse en su agonía, echamos a andar hacia el porche, ella envuelta en gatos y yo no, al fin. Me preocupa no tener apenas nada que ofrecerle, aunque supongo que le puedo hacer alguna infusión o un zumo. Mucho más inquietante se me hace caer de repente en el detalle de que mis muebles están tan desvencijados que a duras penas soportan mi peso y el del gato.

—Toma tus paquetes del Wallapop, acabaditos de recoger. Te he traído además una docena de huevos para que nos hagamos una tortilla de la hostia en verso, y un alijo de marihuana todavía más de la hostia para tus dolores. También vengo a ayudarte con la emisora, por supuesto; te lo explicaré otra vez, a ver si así te me espabilas por fin. Pero lo realmente importante es la cháchara de chochos que nos espera.

—Mara... Apenas tengo muebles decentes aquí.

—Eh, que ya me conozco el percal, tía. Que yo he venido mil veces a esta finca de los cojones. —Y barre con el dedo índice las dos tablas de cultivo que tengo hacia el fondo de la finca—. Me acuerdo de cuando todo lo de ahí no tenía ni un frutal.

—¡Anda! ¿Cómo es eso?

—¿No ves que me crie en el pantano? ¡Soy más de aquí que las putas anguilas! Mi hermana y yo veníamos los domingos a ver a la abuela sin falta, y casi siempre nos pasábamos por tu finca para saludar a Elisa y a Fermín. Entre otras cosas porque nos atiborraban a higos, nueces y todo lo que no había en la ciudad y que nosotros no teníamos en nuestro huerto.

Le pongo cara de andar estreñida y luego esbozo media sonrisa.

—¿Y dónde piensas... sentarte? —pregunto.

—Pues donde la última vez, hará un trimestre: tú me traes el tocón de leñar y yo feliz. Está todo controlado, casi siempre tengo previsto el sitio donde voy a posar mi poderoso culo. —Y remata el discurso arreándose un manotazo en el pandero—. ¿A que suena como si alguien hubiera zurrado a un lindo poni?

Nos reímos un poco y reparo en que respira como el fuelle de una forja. Caminamos y noto que para ella supone cierto esfuerzo, que lo hace con pesar. No puedo evitar preguntarme si no se podrá hacer nada para ayudar a esta mujer. Me doy cuenta de que anda bastante enferma.

Y de que ha recitado algo en susurros al pasar junto al espantapájaros y mirarlo un instante.

—¿Qué te parece el espantajo ese? —digo.

—Oh, eso es de una movida que tienen unos de por aquí... Hay muchos zumbados en este sitio y todos son buena gente y muy tratables salvo ellos, que se pasan el día haciendo sus cosas de mongo y liando a todo el mundo con ellas. Son la peña de Serguéi, como una docena de vecinos que andan fatal de lo suyo. El ruso que los pastorea es de cuidado, vive de trapicheos y negocios turbios, se ve que tiene amigos en el hampa, pero también mucha fijación por las paparruchas. Se las da de ser un hechicero y no sé qué.

—Pues sí, porque da un poco de yuyu.

—La cosa —me va diciendo con su permanente manotazo para apartar los mosquitos del pantano— es que aquí hay demasiado vecino que se aburre y que dispone de más tiempo libre que el tuitero promedio. Tu espantafuegos, creo que los llaman así, es una chaladura sobre la que escucharás hablar a menudo, porque se suele rebuznar y predicar el tema bastante por la banda ciudadana... Ya hace tres años que, como tú, me digo que internet tendría que jubilar del todo a la radioafición, pero aquí no acaba de suceder por culpa de los habituales cortes de servicio de las redes y de la nostalgia de los lunáticos esos, que el que no es pobre como una rata es de la vieja escuela, o de la vieja Europa oriental, y no quiere saber nada de ordenadores y teléfonos móviles. Supongo que tienen unas costumbres soviéticas muy arraigadas y no parecen dispuestos a revisarlas así como así.

—Pues ya me desharé solita del espantapájaros —digo asintiendo mientras valoro la tarea.

—Mejor déjalo, créeme. No te conviene que te den la brasa. Las chaladuras del pantano no son como las de la ciudad, aquí cuando un tontaina se emparanoia con que está atrapado... resulta que casi siempre lo está. En este sitio se empantana todo, todo el mundo, mentalmente o no. Yo a los rusos los aguanto a ratos, en parte por practicar la lengua de Tolstói, en parte porque aquí somos pocos y hay que soportarse, y en parte porque, yo qué sé, a veces con los más pesados igual conviene dejarse dar la brasa.

—Ayer a mí me enganchó el veterinario —digo señalando el camino con cierto repelús, como si apuntara con el dedo a otro planeta—. Me topé con él y me taladró con algo de que hay un enorme yacimiento de metano a punto de estallar en el subsuelo de este sitio.

Ella bufa con pesar, probablemente con el mismo que si le tuviera que cambiar el pañal a su padre.

—Y lo hay, sí… Claro que hay emanaciones de gas natural aquí, solo tienes que ver la de fuegos fatuos que pululan por la noche. Seguro que llevan brotando desde hace varios miles de años, porque yo los conocí de cría y me estoy haciendo vieja a su luz. Esto es un pantano viejo, uno normal, de los de toda la vida y toda la muerte, no como los que inauguraba Franco. El barbas se cree un puto genio, pero no es más que un Capitán Obvio, dispuesto a salvarnos a todas, que siempre sale al rescate en cuanto huele a damisela en apuros. Y manejando verdades de Perogrullo.

Llegamos al porche y deja las bolsas sobre la mesa, junto al cavaquinho. Además de hacerme unos recados, ha tenido el detallazo de recogerme unos paquetes de las taquillas de Amazon al pasar por la cooperativa agrícola que hay a la entrada del pueblo, donde también me ha hecho la compra, a su aire, pero la compra, en el supermercado. Es un amor.

No recuerdo cuándo fue la última vez que alguien pensó en mí o me hizo un favor sin que se lo pidiera. Y lo más gordo es que estoy segura de que no quiere nada de mí, básicamente porque no tengo para ofrecerle ni una silla digna. Sin dejar de parlotear, se dirige al cenador para traer penosamente junto a mi mecedora el tocón de tronchar leña y tomar asiento en él.

—Ya te dije que este sitio es una pasada, y también que hay que sabérselo… tomar.

Saca de una de sus bolsas una botella pequeña pero matona de su licor de frutas como el que saca una granada y le quita la espoleta. Y unos bombones a juego.

—Tú lo que pretendes con eso y con la hierba es que nos agarremos una curda del cuarenta y cinco —digo sonriente, entre horrorizada y muerta de gozo.

—Para nada —sentencia, y planta la botella sobre la mesa con la autoridad del barman que está a punto de sacar los hielos—. Aquí, si ahora traes un vaso de chupito para ti y una jarra para mí, no hay ni para entonarse.

—Mira, yo es que he estado tomando un festival de psicofármacos. Y en parte también he tenido que cambiar de vida por combinarlos con unas juergas en las que terminaba muy perjudicada y…

—Bah, si la hierba de mi finca ya ni aturde —me interrumpe—, conque menos lobos, Caperucita; que yo reconozco lo tuyo y sé lo que es la mirada de las mil pollas. Que vale, que tú has tenido demasiado vicio hasta hace nada, pero con esto para mí que no te coges ni medio pedo.

Y algo de razón sí lleva. También pasa que me baila un gusano en la tripa con solo acariciar la idea de sentirme a gusto al menos por un momento, así que traigo dos vasos de cristal mate viejos de los que venían con la Nocilla. Es todo lo que tengo aquí. Y muchas ganas de distenderme y de jumarme.

Lo malo va a ser el dolor de cabeza que da luego la cosa esa que destila ella. Pero no se lo digo. Para contarle eso, casi que mejor le cuento algo gordo, que ya llevo varios días de andar sensible.

—Yo solía ponerme ciega para no aguantar a mi marido —confieso en cuanto me arrellano en la mecedora y relajo un poco los hombros—, hasta que empecé a hacerlo para no afrontar su agujero, el que me dejó al largarse sin avisar. Y he terminado aquí, en busca de un agujero donde meterme.

—Nena, olvida todos esos dramones que ya dan igual. Estás aquí y ahora, tómate tu momento. Ahora nos empujamos otro par de sorbos y luego nos hacemos una tortilla gansa, de las mías, pero con esos ajetes que tienes para arrancar. Y me tocas esa bandurria con ínfulas que tienes, que me produce inquietud cultural. —Se ríe un poco y hace un ruido como si fuera a vomitar—. Apuesto a que tiene que sonar mucho peor que un ukelele.

—¡Oye, un respeto a mi cavaquinho! Es muy terapéutico. Una prescripción facultativa.

—Pues venga, a ver si le das a las cuerdas y me cantas todo eso tuyo tan raro y tan chic en forma de balada, que no tenemos un plan mejor para esta tarde.

Llena los vasos y damos cuenta de ellos de un tiro, y todo es diferente a partir de entonces.

Va a ser la primera vez en muchos años que me pase unas horas charlando con alguien que me escucha y que se preocupa por mí. Sin mirar el reloj ni traficar con datos, terceros, oficios, favores... Es nuestra cháchara de chochos.

Justo lo que me ha recetado el médico. Lo malo es que el alcohol me pone fatal de lo mío.

—Ya verás mañana —digo con la garganta arrasada por el mejunje del infierno que destila.

—Oh, cariño, aquí todos los días son iguales. ¿Por qué te crees que hago tanto licor si no? La huerta te da todos los días lo mismo, y eso es lo mejor que tiene.

Y sirve otra ronda.

Noche dieciséis

En la que hay dolor, mucho dolor,
y una magia poderosa

Me despierto con una violenta sacudida, un latigazo que me desbarata y me hace saltar en la cama como un resorte, hecha un muñeco de muelle. No me veo, pero me sé en el epicentro de la noche, empapada en sudor, muerta de miedo, y no es ninguna pesadilla, es que aquí está, al fin llegó lo que llevo temiendo con un pánico cerval desde que me instalé en esta alquería.

Noto cómo se va apoderando de mí, despacio e implacable, un brote agudo de fibromialgia; y esta vez viene terriblemente cabreado, y con todo el derecho y los galones. Maldigo las copas que tomé anoche, aunque en balde, porque sé de buena tinta que tampoco es que hagan falta para que se me tuerza todo tal que así. Me suele coger porque sí, sin más.

Pero lo cierto es que esta vez me ha dado tan fuerte que no me siento capaz ni de arrastrarme hasta el baño, cosa que por otro lado no serviría de mucho porque ya no me queda ni un ápice de hidrocodona, fentanilo, oxicodona, tramadol, salvación... Me quedan chuches de las que se expenden sin receta, y pocas, porque para qué.

El monstruo me ha pillado sin paliativos y ha venido cabalgando una pesadilla atroz, de la que ya solo recuerdo una profunda angustia. Para más inri, se ha traído de segundos de a bordo una ansiedad de infarto y un agotamiento físico que ni arando caballones en el patatal me habría derrengado tanto. Estoy exhausta, muerta de miedo y, al principio del primer asalto, solo consigo gañir y explorar los centros neurálgicos de mi neuralgia, tan colapsados.

Porque me duelen los oídos, el cuello, las sienes, toda la espalda, los riñones, los pezones me están matando, me duelen a rabiar las putas puntas de los veinte putos dedos, los globos oculares, la nuca me va a estallar, como las axilas, el útero, el alma, los apellidos. Me recorro y soy todo incendio, me siento crucificar, me amputaría el cuerpo, empezando por la cabeza. Me la volaría haciendo el pino, empalándome con un tiro al paladar con la escopeta de Fermín y ahora mismo, pero, y eso es lo peor de todo, no tengo fuerzas para hacer absolutamente nada, no me da más que para gemir. No podría ni llamar a una ambulancia, si es que las hay para esto, que va a ser que no.

Y es que estoy siendo sistemáticamente torturada por un engendro profesional invisible, crudelísimo, implacable. Solo quiero morirme y que termine, que fundan a negro y corten sin poner los créditos, pero sé bien que siempre me tiro dos o tres días en este estado, dos o tres días de asco y sudor extremos en la cama, hasta que remite lo justo para poder moverme, comer algo, ducharme al fin, y así ir recobrando la condición humana poco a poco hasta hacer recular la enfermedad a unos niveles compatibles con la vida, hasta decirme que he vencido otra batalla para seguir perdiendo la guerra. Y de ahí volver a lo de ahora. A esto.

A lo lento que pasa el tiempo cuando estoy así.

¿Qué voy a hacer? ¿Podré volver a jugar a los hortelanos horteras ahora que está claro que no logro escapar de mi némesis ni huyendo de todo y de todos? Noto que lloro e ignoro si es del dolor, del horror o de seguir viva y saber que seguiré estándolo. Me veo tan víctima de una serie de ataques esporádicos pero inexorables que enseguida me vuelven los pensamientos circulares, recurrentes, obsesivos, destructivos: ¿por qué yo?, ¿por qué esto?, ¿cuánto tiempo podré resistirlo?, ¿ha venido más pronto o más tarde que la vez anterior?, ¿es más fuerte esta vez en comparación?, ¿recula o avanza en su inmensidad?, ¿de verdad un daño tan devastador no tiene explicación médica ni cura?

Si se lo contara a alguien como Mara y consiguiera trasladarle hasta qué extremo de espantoso es esto sin romperme el ánimo o querer dejar el tema enseguida, supongo que lo que más le aterraría de mi suplicio no es el palco VIP en el pozo más profundo del infierno al que me arroja, sino el hecho de que me coja porque sí, sin más, a traición, misteriosamente y, sobre todo, le preocuparía que tenga que afrontarlo estando tan sola.

Pero esa es una forma de verlo tan propia de los que nunca lo han visto... En realidad, ahora mismo me importa un bledo estar sola o no. A eso vine a Finca Elisa, qué demonios. Nadie en todo el puñetero planeta Tierra me puede ayudar o comprender en estos momentos. En parte porque los brotes como este no dejan de ser recurrentes, pues no se pueden evitar con nada que conozca la medicina, y en parte porque todos estamos a solas con el dolor cuando es tan físico. E inespecífico.

Hasta hacinando cuerpos en una trinchera o en un hospital de guerra los daños de cada soldado son solo suyos, no hay dos iguales. Y este es otro pensamiento obsesivo y machacón durante mis crisis agudas: me consume la idea de que lo que me devora es algo estrictamente privado, que no existe más que para mí, que tiene una forma y una intensidad y una crueldad que nunca nadie ni nada podrá registrar o abarcar con propiedad. Solo yo sé lo que es esto y nadie más lo explora igual; ni siquiera otro paciente con mi mismo perfil padece las mismas dimensiones, profundidades y recovecos del sufrimiento que yo.

Me disuelvo en un barreño de ácido a bote pronto, o siento que me queman viva y luego me arrojan a la nieve, o que la cama se vuelve de clavos, o de lava y yo de obsidiana. Todo eso y más, formas de dolor en catálogos completos, punzantes, ardientes, lacerantes, radiantes... Tengo hasta picores y escozores insoportables. Y unas palabras que apenas le hacen justicia a lo que siento, porque cuando aprieta no concibo que nada pueda joder más. Tuve un cólico nefrítico hará diez años y me lo comería de entrante ahora mismo, como hacen los aficionadillos al dolor. No exagero.

Y me esperan... horas. Así.

Otro pensamiento recurrente durante las crisis de este nivel, que ya llevaré como tres o cuatro: ¿por qué no me he suicidado ya?

Es una idea canalla y vil, un azote especialmente duro y oportuno. Lo aparto de un manotazo y gimo y lloro y me asalta otra convulsión. Se retuerce dentro de mí y perfora un sacacorchos en vez de una espina dorsal.

Y entonces noto cuatro kilos de peso que suben de un salto ágil al pie de mi cama, sin que rechine la decrepitud de mi somier de muelles. Y cuatro patitas me pisan con cuidado y con firmeza la pierna derecha, el pubis, el ombligo, el diafragma.

Mao se me planta en el esternón y se posa hecho una esfinge sobre él. En mi vorágine, en la zona cero de mi dolor. Hago un esfuerzo titánico por abrir los ojos en vez de apretarlos para presionar los globos oculares, y el dolor bajo los párpados se vuelve enseguida tan insoportable que apenas me quedo con la visión del fulgor sobrenatural de las pupilas del gato en la penumbra de mi cuarto.

Me da para entreabrirlos de tanto en tanto, como puedo,

y ver cómo él los entrecierra, a medida que se relaja encima de mí.

—Hola, soy tu paramédico de urgencia —dice.

Yo apenas sollozo.

—Pregúntale al Brujo de Larvas —susurra antes de darse un lametón en el hocico—, él sabe de mitología rusa, que es de allá. Pregúntale por el ком Баюн, por el gato Bajun.

Solo consigo gañir y luchar por respirar sin que me maten los pinchazos entre las costillas, en la garganta, las encías. Le contestaría al minino lo mismo que solía contestarle a mi marido cuando aún lo era; que me muero de asco, que no estoy para gaitas, que se vaya, que me deje. Pero nada. No logro hacer ni eso.

Él sí está haciendo algo.

Algo cada vez más extraño, porque se arranca a ronronear muy raro. Vuelvo a abrir los ojos y distingo a duras penas que hoy trae un arañazo en la trufa, y eso será que viene de otra de sus largas peleas con el joven macho retador al que ya dejó medio tuerto la semana pasada. También me sorprende el lustre que está cogiendo desde que lo alimento con el pienso más caro que puedo pagar.

Cierto es que ahora mismo todo eso me importa entre cero y nada, pero es que lo veo cambiar tan rápido últimamente que no dejo de sorprenderme, incluso estando en mi peor momento en meses. Ya no se le marcan las costillas, ya no parece desvalido ni sucio, su pelaje ha cogido brillo y, a la luz de la luna llena, lucen espléndidos los rasgos salvajes de ese pelo de gato siberiano que le despunta en las orejas; también se aprecian cada vez mejor los reflejos índigo de sus genes de gato azul ruso, que ya le saltan listados en el atigrado del lomo y la testuz.

—Pregúntale al brujo y verás qué cosas hacemos los gatos de voz mágica. Nosotros ya éramos viejos, santos y salvajes en las eras en que los pantanos como estos permanecían congelados, en las que nuestros colmillos eran dos sables. Cuando hablamos, podemos dormir al que escucha y luego matarlo sin piedad... Pero el que consigue atrapar a uno de los míos ve desaparecer todas sus enfermedades, porque el canto del gato Bajun todo lo cura.

»Lo sabes bien, que ya te he cantado muchas noches. Mientras dormías para mí.

Noto que se incorpora despacio y me lame toda la cara.

Su aliento apesta a ratón del pantano, a vagina de gata salvaje en celo, a fiera del faraón, a mil orinas territoriales. Me cubre con él y no me da ni para protestar.

—Oh, sí, pues claro que llevo muchas noches velando tu sueño, loca del coño y las mil pesadillas. Perdóname por tenerte un tanto abandonada de un tiempo a esta parte, pero es que me debo también a mis cosas de gato.

»No sufras más, que ya estoy aquí. Yo te cuido ahora. Soy tu tótem, tu psicopompo, tu guía espiritual.

Y de nuevo se coloca simétrico en mi esternón, esta vez erguido. Se me sienta en el centro del pecho, se posa en mi eje y vuelve a ronronear raro. Sin dejar de azotar la oscuridad con la cola, como esos chamanes que sacuden sonajeros al cantar para los moribundos.

Yo solo me retuerzo en otro ataque más, y este es espasmódico y convulso. Se me va la olla, encima. No sé qué tiene este gato ni qué me pasa con él; será un misterio, como mi enfermedad.

—Dicen los rusos que Dios hizo a los gatos para que el hombre pudiera acariciar a un león, pero a mí me gustáis más las mujeres.

»Recuerdo los años en que guardé la casa de Baba Yagá, los que pasé con las sacerdotisas del templo de Bast, jugando con las niñas de las calles de Ulthar… Sé muy bien lo que me hago, la clase de amas que me interesan, y sé lo que te conviene, de modo que ahora mantén la calma y escucha mis cuentos y mis cantos. Deja que te hagan soñar cosas increíbles.

»*Bajun* significa "narrador, cuentacuentos, retórico". Procede del conjugado en ruso de *decir*, *hablar*. También está cerca del verbo баюкать, "mecerse". Y tú eres la dueña de mi mecedora ahora. Tú la adormeces con tu olor.

Gimo y ahogo un grito, consigo dejar de apretar la mano para abrir el puño y tratar de apartar al animal, pero enseguida siento como si cinco clavos me perforaran las uñas y tengo que volver a cerrarla y extender el brazo lo más lejos posible de mi cuerpo. Es la única postura que puedo adoptar cuando estoy tan mal, mi crucifixión.

—Pero ¿cómo no voy a quererte si eres la primera criatura en siglos que me habla y me acaricia? ¿Cómo no adorar a alguien que te regala croquetas sin apenas conocerte y que lo que podría querer de ti es justo lo contrario, tu hambre? Tú eres más buena conmigo que Mara contigo.

»Ahora escucha mi ronroneo y céntrate en él, deja que disipe el dolor, que te penetre y te sacuda. ¿Vas a ponerte escéptica, científica y psicoclínica conmigo? ¿En serio crees que esa actitud te está sirviendo de algo aquí o que solo tú la conoces? Pues que sepas que los gatos ronroneamos a una frecuencia sonora que oscila entre veinticinco y cuarenta hercios, que es exacta y precisamente la misma onda que empleáis los imitadores de nuestro canto en vuestra medicina sin alma, en la rehabilitación de fracturas óseas, en esa porquería que llamáis fisioterapia.

»Otros de los tuyos dirían que es un mantra, o que sosiega y tranquiliza a los espíritus. Tonterías. Es mucho más simple que todo eso, es la voz de los gatos Bajun. Vuestra ciencia y vuestra conciencia son tan torpes que ni siquiera saben situar el ronroneo. Algunos de tus amigos más listos, los que estudian la naturaleza y tal, dicen que han localizado el rumor en el corazón del felino, otros dicen que proviene de dentro de la pared de la vena cava a su paso por el hígado y el diafragma. Pregunta a tu amigo el veterinario, a ver si sabe situar mi voz. O que te explique por qué suena como palabras en tu cabeza, loca.

»Lo mismo te dice que cuando el flujo de mi sangre pasa por el hiato me provoca unas vibraciones en todo el tórax, o que se trata de un espasmo muscular de mi laringe al regular el paso del aire hacia mis cuerdas vocales. Tonterías. Lo único cierto que sabéis sobre el ronroneo es que aumenta la densidad ósea, facilita la cicatrización, tiene propiedades antiinflamatorias..., pero ni siquiera sabéis explicar el porqué de todo eso. Y es porque es magia. Magia Bajun, Claudia.

»Y puede que tus máquinas te digan que esto de ronronear es algo que hacemos cuando estamos a gusto, pero eso es porque los gatos nunca se explican del todo; también ronroneamos cuando estamos enfermos para aliviar nuestros dolores. Las panteras son auténticas expertas en esto. ¿O te creías que solo los pequeños lo hacemos?

»Ronronea la gata durante el parto y tras él. Lo hace para calmar y tranquilizar a la camada, para guiarlos hacia ella, para que mamen, para curarlos y curarse. Es parte de nuestro sistema de comunicación. Otro de nuestros poderes. Tómalo. Entra en comunión con nosotros.

Lo escucho cantar para mí. Ronronea largo rato, lo que podrían ser horas o quizá unos pocos e interminables minutos, en mi estado no sabría decirlo. Finalmente consigo abrir los ojos y lo veo ponerse en pie, levantar una garra, chafarme la nariz y apagarme como el que aplasta una vela.

Cuando me despierto, la luz del sol entra por la ventana y ya no me duele nada si no me muevo. Todavía me siento muy cansada y sin fuerzas, por lo que me vuelvo a dormir enseguida y apenas noto nada más que mil sueños imposibles y me paso un día completo recuperándome, sin salir de la cama hasta el anochecer ni para beber o ir al baño. A medianoche hago al fin ambas cosas y luego, tras descubrir a Mao dormitando en la mecedora y acariciarle el lomo en silencio durante más de media hora, le relleno el bol de croquetas hasta arriba y me acuesto otra vez.

Para convalecer, para sumergirme en una acequia de sueños enfermos.

Ha sido una crisis dura, pero me he recuperado muy rápidamente.

Noche dieciocho

En la que sale la anguila, y la anguila es mi amor

Sale, en cuanto empiezo a respirar mejor, de la acequia. Dolido pero decidido a acceder a la superficie, como un escarabajo buceador cuando no tiene otra que abandonar sus dominios, su territorio entre la materia en descomposición que se sedimenta en el fondo.

Emerge cubierto de légamo y de hojarasca podrida y de lentejas de agua, y lo acompaña en formación una cohorte de burbujas de gas fétido, venenosas y peligrosamente inflamables.

Podría arder, dar grima, dar lepra, dar miedo. Pero sabe alcanzar su momento, como todo animal; así que se estira, se yergue bien erecto, alza su majestad a la luz de la luna, exhala los últimos restos de agua y empieza a respirar la bruma del pantano con un ronquido pesado y poderoso y, cuando abre los ojos y los brazos, ya no da asco ni pavor.

Da morbo. Da peligro. Tiene fuegos fatuos por globos oculares, dos incendios en los ojos.

No sé decir si repta o echa a andar, solo que avanza y que cuando deja ya de jadear y chorrear fango es como si se desnudara la fertilidad más descontrolada de la naturaleza por domesticar.

Su piel. Sus espinas.

Es un sueño húmedo del humedal, mitad calendario gay, mitad bicho del cieno. Tiene tantos músculos como siempre, apesta como siempre, va tan salido como siempre... Quizá porque toma la forma de mis fantasías, me llega en la pesadilla más febril. Trae detalles del cuerpazo con el que me casé, pero mejor; trae la hechura de la espalda y los brazos y el torso en los que me fijo cuando miro a uno con hambre. También es un pez. Nadie es perfecto. Nadie me parece tan deseable ahora mismo.

Insisto en decirme que eso es porque todo lo chungo se me ha metido otra vez en la cabeza, pero lo que quiero ahora en realidad es que él se me meta más abajo. Tiene lo que necesito, bueno y malo, pero no es mi ex, ni el golfo aquel que me empotró en una noche loca; es lo que me trae este sitio. Es este sitio. Sublimando. Aflorando. Dándome su poso.

Con todo lo gordo.

Pues nada, que el pantano emerge, brota en su marea, se hace carne desnuda y fuerte y atraviesa mis sembrados y marcha hasta el porche y aparta a mis gatos y se mete en mi casa y yo lo espero.

Embadurnada en sudor. Me acosté borracha y fumada, ciega al fin. Luego tuve un viaje al fondo de mi reservado particular en el infierno. Ahora entra él en mi cuarto y yo cierro los ojos y abro las piernas y dentro de mí estallan espasmos como los límites de los círculos concéntricos cuando se suceden, en expansión, agitando el limo y las plantas flotantes como las lentejas de agua. En la superficie de una presa de riego.

¿Anoche fue el dolor y esta el placer?

¿O un peso colosal, ciclópeo, hundiéndose en la ciénaga calenturienta de mi mente?

Él entra verde en mí y yo me sepulto, me hundo en lo negro del pantano.

Siento sus caderas entre mis piernas y se desliza, todo pecado, hacia mi síndrome de abstinencia, mi intoxicación de años, mi vacío interior, mi delirio febril. Y me llena. Vaya si me llena. Nunca había estado con un animal de este tonelaje. Nunca me había tirado a una fuerza de la naturaleza.

Eso que tiene entre las piernas es una bestia vertebrada que lo mismo rivaliza con mi brazo.

Se retuerce en mi interior, escarba en mis profundidades, me vuelve del revés. Abro los ojos e intento incorporarme, alarmada por la sensación de que me están recolocando las tripas y la materia gris; está encima de mí, y me topo con sus ojos, no anfibios, sino chiribitas. Dos centellas, dos fuegos del pantano, bailando para mí, observándome. Los miro en busca de vida y es como cuando dreno la alberca: la sorpresa última, la del fondo del fangal, la plétora de carne de bicho que se sacude viscosa ante mis ojos y me funde todas las defensas. Me socava.

Me follo a algo que no tiene puto fin.

—Acoge a la anguila. La anguila es tu amor —me susurra al oído, su voz apenas inteligible, un gorjeo gutural. Sin parar de penetrarme cada vez más adentro.

Suena más denso y pesado que ninguna ciénaga, arañar su espalda es peor que agarrarse al tronco de la higuera; le desgarro todo el lomo con las uñas sin saber decir si pretendo quitármelo de encima o todo lo contrario. Su espina dorsal es casi una aleta dorsal, una columna de pinchos que me clavo. Como me lo clavo a él.

Me va a empalar.

—Suéltalo ya. Suéltalo.

Empuja y empuja para rematarme y hace saltar un millón de chispas, veo luciérnagas de cortejo, la aurora boreal, neones de garitos de carretera, castillos de fuego, las luces de la tormenta que viene hacia aquí, las de la inmensa burbuja de gas al estallar y convertir el pantano en un puto cráter y las de los ojos de todos los muertos del infierno, un arsenal de fuegos fatuos. Intento gritar, pero me mete la lengua hasta la campanilla y allí la mueve como mueve la polla, con fuerza. El pantano me ahoga. La anguila me invade.

Y me corro.

Y al poco me despierto hecha una calamidad.

Joder, qué me pasa. ¿Sigo enferma?

Estoy recubierta de légamo caliente.

Día veinte

En el que nos vamos de rave *y se expende sabiduría minina*

Vengo de tirar la basura, de volcar al contenedor una carretilla de restos de labranza revueltos con mis desechos domésticos, revueltos con una tonelada de arena de minino cabrón. Muy sexy todo, oiga. Estaba en ello cuando me he cruzado con el apicultor, que había salido a correr.

Pero qué cosa más linda de tío.

Y yo con estos pelos.

Que en realidad con mil porque, si sigo sin depilarme, pronto tendré que esquilarme. Rediós, pero qué mal que me ha pillado, casi peor que emitir por Twitch en pijama. Y qué bien que lo he visto yo, así como apenas rompiendo a sudar.

La huerta es injusta.

Vuelvo al porche abochornada. Sofocada del calentón y en llamas porque me sé con el atractivo de un molusco.

—Saltar por la maleza, emerger de entre los tallos de un barbecho, de esa clase de matorral que se va apoderando de las tierras dejadas estar, justo antes de que las desbrocen —me farda Mao, sin dejar de dar saltitos ninja y practicar movimientos de caza por el suelo del porche—. Tú solo sales de ahí, pero como una flecha, moviéndote más rápido que el ojo de un pájaro, y caes sobre tu presa. Y eso es la gloria y el poder y la vida y la cena.

—Su sabiduría minina, gracias —digo poniendo el timbre de voz de la máquina expendedora de tabaco que me suministraba el desayuno hasta hace pocas semanas.

Y remato la gracieta tomando asiento en la mecedora de golpe, para enseguida sacarle cuatro acordes al cavaquinho, a modo de chascarrillo.

—Te puedes chotear, pero la vida salvaje es la más feliz —responde visiblemente airado, tanto como para bufar un poco—. Y mola mucho más que rasgar las cuerdas del cacharrito ese de madera sudada que tanto adoras, loca.

—Don sentencias ha maullado, se levanta la sesión.

Y sostengo un rato lo que creo que es un do menor.

Él se estira, se relaja al fin y bosteza un rato largo por toda respuesta, como si estuviera mostrándome lo mucho que le aburren mis protestas.

—Yo recuerdo acabar la jornada laboral el viernes por la noche —le cuento con cansancio y algo de solemnidad; en un trepidar que me encoge al mirar la luz crepuscular, tan temblona, tan turbia en un tramo de la acequia que no tiene lentejas de agua, en un claro de la superficie del pantano—. Era el mejor momento de la semana: tras cinco días de soportar a imbéciles, en casa y en el trabajo, me ponía toda ciega hasta verme envuelta por cordiales desconocidos, todos irrelevantes y de reemplazo. Mandarlo todo al carajo, gozar de tu país de camareros y de desgraciados fingiendo ser ricos en una fiestaca de pago repleta de recién divorciados como tú, de guiris y de accidentes a punto de ocurrir. Y así vender una semana entera de tu vida por una tarde de libertinaje, que no libertad.

—Planazo.

—Pues como abalanzarse sobre una rata desde el otro lado de una mala hierba. Batallitas.

—Yo no he renunciado a las mías.

—Y yo no tengo la culpa de que las mías hayan renunciado a mí.

—¿Qué quieres, que vengan los de la *rave* a buscarte al marjal? Tú estás escapando de tu vida y yo en mi elemento.

—Es que mi vida me iba a matar. A última hora, me apuntaba a unas juergas que armaba una gente que no sabía muy bien quién era. Pagaba una pasta por unos tinglados cada vez más raros que me llevaban de Patreon a un *after* ilegal, violando el toque de queda de la pandemia, más sola que la una pero bien rodeada de extraños, en un inmueble alquilado a través de Airbnb para la ocasión. *Welcome to Spain.* Pisé en un par de ocasiones el hospital y una vez la comisaría. Amanecí un día con una llave tatuada en el codo y todavía no recuerdo ni cómo ni dónde ni por qué me hice algo así. Las conversaciones estelares eran como esto, pero en demencial del todo. La gente ejemplar resultaba peor que un gato del pantano.

—Evidentemente.

—Oye, ¿qué rayos me hiciste el otro día, cuando me puse mala?

—Cosas de gatos. Ya aprenderás.

Noche veintidós

En la que juego con la otra luz de los muertos

Entre los paquetes de Amazon que me trajo Mara hay uno de los juguetes que creo que me va a venir de perlas en Finca Elisa: una linterna de luz ultravioleta. La «luz negra» esa de las series de policías científicos. Resulta que pone al descubierto las meaditas territoriales de los animales, las cacas de los ratones, la baba de los caracoles y las babosas y a muchos de los bichos que hacen plaga.

Rebota sobre el moco reseco de los fluidos, incluso después de que los friegues con lejía, los lave la lluvia o pasen semanas; y te los enseña refulgentes a la luz negra.

De modo que espero a que se ponga todo muy oscuro y salgo a probarla, a buscar la araña roja en los brotes más tiernos, a seguir el rastro de los caracoles por el plantel de las lechugas, a asegurarme de que los mininos están haciendo lo que tienen que hacer con el arenero, a rastrear las marcas que deja Mao por todos los costados de la finca.

—Pero ¡mira que eres aparatosa! —gruñe el gato—. No podía tocarme una hortelana como las demás; me ha tenido que conquistar con sus croquetas premium una ingeniera. ¿Te vas a currar las cosechas con juguetitos tecnológicos y técnicas universitarias en vez de hacer cosas normales? ¿En qué ha quedado aquello de que la agricultura es agua y basura?

—Basura no sé, pero mira todas esas cacas tuyas de ahí —contesto—. ¿Es que no te he dicho suficientes veces que uses tu arenero?

Yo le enfoco a los ojos con la luz negra y con cariño. Él me bufa y se va.

Luego enfilo hacia el porche y, de camino, paso por la cabaña de los aperos. No puedo evitar peinarla con la luz UV para descubrir algo de carcoma entre sus tablas. Maldita sea, me va a tocar fumigarla.

Me meto dentro para explorarla mejor con la linterna y...

Las paredes de su interior brillan.

Muestran mil chorretones y salpicaduras. Aparecen manchadas. No con orina de gato, sino con lo que seguro que son las trazas de la sangre y los sesos de Fermín.

Un escalofrío se apodera de mí enseguida.

El pobre señor se sentó en el suelo junto a la desbrozadora y se voló la cabeza. La altura y la forma de la mancha grande son inconfundibles. Su familia debió de limpiar deprisa y corriendo antes de abandonar la escopeta y el lugar, para ponerlo a la venta a precio de derribo. Fin de la historia y de la histeria.

Pero lo que peor me deja no es la mancha del disparo.

Es la que se hizo en el suelo con la sangre. Porque con ella escribieron.

Algo. Que se parece demasiado a las palabras en cirílico que tenía el espantapájaros.

Saco el móvil, hago una foto sin flash y me marcho a toda prisa.

Me da que a partir de ahora me va a costar entrar en la caseta de los aperos.

Y que esta noche tendré más pesadillas.

Noche veintitrés

En la que empiezan a pronunciarse las luces del pantano, en ominosos tonos verdes y negros

Puedes escucharnos en sueños, como ahora, o dejar que hablemos dentro de tu cabeza de muchas otras formas, formas mucho peores, Clau. Lo que no puedes es ignorarnos.

Si haces como nosotros y te conviertes en una de las luces del pantano, brotas del cieno pestilente y echas a volar, verás columnas de frutales que te cierran el paso en balde, porque la brisa se te lleva con la bruma. Un espantafuegos cimbreándose entre los cerezos te observa, la sonrisa que agrieta su cara de oveja es una chufla, una mueca. Hay también un par de banderolas de colores muy vivos ondeando sonoramente entre este y aquel árbol. Tras ellos, una parcela abandonada, no en barbecho, sino echada a perder, y luego otras cuatro columnas malogradas, esta vez de manzanos. Manzanos muertos. Se suceden otras dos tablas de terreno dejadas a las alimañas y las malas hierbas y, al final, si apartas el canto de los grillos y la luz de la luna no distrae tu mirada, te aguarda la casa.

Nuestra casa, que es la tuya. El sitio donde duermes tú.

Una alquería. Cuatro paredes. Solo dos ventanas. Demasiadas décadas de antigüedad y degradación, una caseta llena de odio y con una antena por pararrayos, que se levanta descoronada y torcida sobre los gases del pantano.

Aquí es donde los relámpagos de las tormentas acuden a morir, el lugar donde el rayo golpea siempre. Este sitio está señalado en todas las noches de tormentar, escogido en el pantano. Como tú. Hay puntos de la realidad en los que se unen las maldiciones del cielo con las del suelo y se acumulan las fulguritas y se aceran las tempestades, y tú te has instalado en el peor de todos. Debes saberlo, obrar en consecuencia, unirte a los rituales de este sitio si no quieres correr la misma suerte que el anterior morador.

Queremos que tomes posesión de muchas cosas, no solo de la alquería.

Verás que tras ella se despliega la acequia, verde y negra. Dos metros de ancho de agua podrida que arrastra basura orgánica y pulsátil, abono para la huerta. Una antigua acequia de riego cuyo trazado se remonta a los peores tiempos de los árabes y que ahora, de pertenecer a alguien, pertenece al marjal, a las huestes de sanguijuelas, de escarabajos anfibios, de enormes ranas que croan a las estrellas, de sapos que se agazapan bajo las piedras del camino. Porque hay un camino que se abre tras la alquería y que lleva hacia un viejo pueblo. Pero las luces de los hombres nada nos importan, porque su mundo es de vida y de ojos que brillan, y la nuestra es una historia llena de muerte y de ojos que se pudren bajo el cieno de la acequia.

De la acequia que todavía está digiriendo a quienes se tragó en su día y a quienes se llevará muy pronto. A ti puede parecerte que vuelves a soñar que sobrevuelas fincas rurales desvencijadas, pero lo cierto es que recorremos una fosa séptica común, que la acequia que la riega está nadando en sangre a medio coagular, que en su interior nadan mil bichos inmundos. Que los demonios se la comen, se la rifan y luego se la llevan.

Porque no es un reguero, no es un cuérnago ni un azarbe; es una flema del infierno esa acequia.

Nuestra acequia.

Se asienta sobre un lecho de cieno hediondo y negro, cieno que se descompone formando gigantescas bolsas de gas.

Más abajo, mucho más abajo, bullimos nosotros.

Nos agitamos y nos revolvemos en otro de nuestros ataques de epilepsia. Maldecimos con espasmos y apretamos los dientes en la roca porque algo está empezando en el marjal, y no trae nada bueno, y te traerá con nosotros. De modo que no te atrevas a dejarnos de lado ni un instante ni te tomes esto a la ligera. Nadie dormirá esta noche, nadie está a salvo ahora, nadie que no duerma bajo nuestra piel, bajo nuestros párpados.

Bajo las lentejas de agua y los yacimientos de metano.

En las profundidades. Donde nosotros socavamos.

Pronto emergeremos con la tormenta, y para entonces te queremos con nosotros. Que seas nuestra, y dueña de larvas.

Día veinticuatro

En el que la tormenta trae luces
y descuaja la cordura

Esta mañana me he enterado por radio de que estamos en alerta por lluvias. No es que vaya a caer un temporal de órdago y ya, es que nos han avisado los de emergencias, con recomendaciones de no salir de casa para toda esta comarca. Alexa no se entera de tanto, pero lo cierto es que ha sido la segunda en ponerme sobre aviso, la primera inteligencia artificial que lo hizo fue la de mis pesadillas, que están absolutamente fuera de control: llevo días soñando con la tormenta que viene. Tantos que ya casi estoy por ponerle nombre.

Total, que hoy ha habido zafarrancho de combate en Finca Elisa, un poco siguiendo las instrucciones del tiktoker asturiano ese que da consejos para agricultores novatos y que me hizo decidirme a comprar la parcela, pero también haciendo caso y uso de lo que había en el almacén de los aperos de Fermín. Además me ha venido de perlas tomar buena nota de los consejos que van pasando por radio algunos de los vecinos que se están preparando para el diluvio. Con todo, en vez de regar, he cosechado bastante, he atado muchos tallos juntos y he cavado algunos surcos hacia la acequia para que no se empantanen según qué trechos y haya un mínimo de escorrentía. La tarde la he invertido en armar un par de túneles de *film* de plástico grueso para proteger los cultivos más delicados, a martillazos y gracias a los arcos de hierro de construcción que se estaban oxidando en un rincón del almacén y que he conseguido estacar a conciencia. Espero que con eso baste para proteger mis tomateras, que prometen, pero tampoco creo que resistan lo que viene sin un buen blindaje. Por último, he recogido algunos bártulos, cerrado el pozo, drenado la alberca, desmontado el toldo del porche, encadenado a Apartagatos a la verja, cerrado a cal y canto casi todos mis ventanucos…

Al final se hace de noche y ahí viene, mi primer gran temporal en este sitio. Se me llena el pelo de electricidad y apesta a ozono ya, va a ser tremendo. Mara me ha advertido por Instagram de que tenía que extremar precauciones, con un «la que se avecina es mucho más gorda que yo», así que me temo lo peor, sí. Pero no me hago una idea del espectáculo que me espera.

Primero se callan, se marchan o se ponen a buen recaudo todos los animales del marjal cuando el viento empieza a aullar como si lo estuvieran matando. Brama hasta que vienen a por él unos nubarrones que se enseñorean del cielo a toda mecha; y me dejarían a oscuras por completo de no ser por el gran aparato eléctrico que los recorre en lo alto, con marañas de rayos locos. Luego rompen filas un par de truenos muy violentamente y lo que se desploma sobre mi pobre alquería no es un aguacero, sino una espesa cortina de lluvia que amenaza con anegarlo todo.

Da mucho miedo el pantano así.

Porque el cielo no está enfadado, está furioso.

No tardan en hacer acto de presencia cuatro goteras en el interior de la casa y en nada se va la luz, para dejarme sin la emisora de radio y sin Alexa. Temo por si el vendaval me arranca los frutales más jóvenes, pero no puedo hacer nada más que parapetarme contra la ventana que da al porche con una infusión en la mano, dos ojos abiertos como platos y tres ganas de ponerme a llorar.

Porque acabo de ver, a duras penas entre los gotarrones y las persianas a medio bajar, cómo salían volando cuatro de mis alcachoferas. Y la cosa no ha hecho más que empezar.

Mao bufa y gruñe al cristal, y asesta latigazos con la cola a diestro y siniestro, subido al antepecho de la otra ventana. Yo rezaría, pero ya ni me acuerdo de cuándo fue la última vez que lo hice.

Y en esas que, no muy lejos de mí, se enciende un chorro de luz.

Es el foco más potente que he visto en toda mi vida. Hace pensar en uno de esos antiaéreos de discoteca, o en un faro.

—¿Qué demonios es eso?

—¡Maooo!

Y no es un foco porque se apaisa. Se pone a crecer y crecer, se va adueñando del horizonte hasta cegarme por completo mientras ocupa el terreno que va de la higuera a los rosales. Es un incendio de luz blanca colosal, ciclópeo. Que se traga la casa. De un resplandor mucho más frío e intenso que lo que cabe esperar de la maquinaria industrial. No consigo imaginar qué monstruosidad podría iluminar así mi finca y tampoco puedo hacerme la menor idea intentando mirar, porque es imposible apuntarle con los ojos sin que te dejen de funcionar en el acto, y porque cuando miras a un lado en vez de directamente hacia la luz, la tormenta es de una brutalidad tal que no te muestra más que una tromba de agua maciza, un derrame del cielo sobre el suelo que me hace preguntarme si no estaré en peligro bajo un techo tan precario.

Y eso me hace bajar del todo las dos persianas que todavía dejaban pasar el fulgor sobrenatural que hay ahí fuera.

Aun así, el relumbrón consigue pasar. Se mueve muy rápido, además.

La casa cruje y se duele y parece que se va a astillar o a despegar del suelo. Las detonaciones ya no son de truenos, sino estrépitos de cosas chocando y golpeando todo, y la luz se ha vuelto tan intensa que, aunque ya solo pasa por las rendijas de las persianas, cuando barre el interior de mi casa alcanza hasta los rincones más cerrados del cuarto de baño, mostrándome unos matices y detalles que todavía no habían podido observarse a pleno día. Es como si Finca Elisa al completo hubiera sido puesta bajo el flexo de un interrogatorio de los que preceden a las torturas en las películas de espías, o como si un platillo volante del tamaño de Madrid se dispusiera a abducirme, a arrancarme del sitio para llevarme a las Pléyades con un rayo tractor, acompañada de todos mis frutales y mi ejército de gatos, si es que no han muerto ya todos menos Mao, que no para de bramar al cielo y erizarse como si lo fueran a castrar.

No entiendo qué puede estar pasando, ni de dónde puede salir una luz así. Me monto una película de puro pánico y me pregunto si no será una radiación nuclear. No es un avión ni ningún fenómeno natural ni que me hayan puesto las torres del Santiago Bernabéu encima, sino algo inmenso y ágil, porque parece moverse de un lado a otro a una velocidad de espanto, arrojando sombras por doquier que bailan enloquecidas. A ratos me da la impresión de que, sea lo que sea, forma parte de la tormenta, de que con el resplandor van y vienen los vendavales, los rayos y el arreciar, cada vez más violento.

Me digo que esto va a arrasar mi finca cuando se produce muy cerca una enorme sacudida que descuelga el bodegón de la chimenea, y del sobre que escondía detrás ya hablaremos cuando me tranquilice y me ponga a examinar los papeles que ocultaba Fermín ahí, porque al fin me decido a llamar a emergencias... y compruebo que mi teléfono está sin cobertura.

Estoy asustada y ahí fuera hay algo que no parece de este mundo.

Solo puedo meterme en la cama, cubrirme con las sábanas y la colcha, temblar, llorar como una niña pequeña y rogar por que, sea lo que sea, termine pronto.

Día veinticinco

En el que descubro los rayos globulares,
los cráteres, las hitodamas *y otras marcianadas*

Justo cuando parecía que se iba a acabar el mundo, la brutalidad ya no tardó mucho más en amainar, por suerte. Pero yo no me atreví a salir hasta que lo hizo también el sol.

Ahora contemplo mi huerta a medio arrasar. Reconforta ver que la mayor parte de los árboles han resistido bien, apenas les faltan las ramas más jóvenes. Los perales del fondo, en cambio, se ven más afectados, aunque lo cierto es que solo se han ladeado un poco. Desquicia especialmente descubrir que la media docena que han quedado a punto de ser abatidos por la tormenta están en direcciones distintas. No es que mi alquería fuera zona de paso de una tempestad, es que aquí parece que haya estado bailando un tornado del infierno.

Las verduras a punto de madurar las he perdido casi todas, aunque creo que los tubérculos aguantarán bastante bien. Luego están las quemaduras, porque tengo varios cráteres de sustrato calcinado, como si hubieran armado pequeñas hogueras aquí y allá. Y eso me hace pensar que igual bajo el suelo también ha habido devastación.

En uno de los cráteres se ha creado una extraña estructura mineral de las que Fermín solía coleccionar. ¿Cómo se llamaban las piedras tubulares esas que forman los rayos? Fulguritas, ¿no? Pues nada, aquí tengo una todavía caliente, donde antes estaba mi pobre rosal. Parece ser que tampoco es tan raro que mi finca sea visitada por Zeus. ¿No dicen que el rayo nunca golpea dos veces en el mismo sitio? ¿Tan gafada está Finca Elisa?

El colmo es que el pantano entero, con toda su red de acequias, se desbordó al completo durante la tormenta y rebosaron todos los aliviaderos de cauce. Me llegó a entrar un palmo de agua dentro de casa, por lo que me pasaré los próximos días limpiando y barriendo y recogiendo y... ay, qué duro es esto. Me habían prevenido mucho sobre los temporales, pero no esperaba uno en mi primer mes en la finca. Tengo que reparar goteras incluso. Va a doler.

Pero, eh, el cielo está despejado y el sol ya intenta calentar mis huesos. Mao no para de olerlo todo y de protestar, y muchas de las medidas que tomé al preparar la finca para la tormenta parecen haber funcionado, porque apenas tengo desperfectos materiales, aparte de las goteras, y probablemente ya estuvieran ahí cuando llegué a la finca. Ni siquiera la vetusta verja ha registrado daños, solo sigue igual de oxidada que siempre y gimiendo cual ballena azul agónica a poco que muevas el portón. Y los árboles más grandes, como el nogal o la poderosa higuera..., están mejor que nunca.

Me suena al fin el WhatsApp y es mi hermano contestando a los mensajes de voz que le mandé anoche, en pleno ataque de pánico. Como no tenía cobertura y no paraba de hablarle a un móvil sin señal, le acaban de llegar y quiere una videoconferencia a la de ya, así que me siento en la mecedora del porche, aparto el cavaquinho para abrir el portátil en el mismo centro de la minúscula mesa en la que suele sentarse Mao cuando le arrebato el asiento y, con otra taza de tila en la mano, activo mi cámara ante su cara de alarma, para que contemple el horror de la mía tras apenas haber dormido.

—Al menos sigues viva —bufa.

Y se apresta a aporrear el teclado.

—Te juro que anoche parecía que me fulminaba un rayo alienígena.

—Y yo que, como me plante ahí, te doblo de una colleja. Menudo susto me has dado.

Pasamos un rato peleando con la calidad de la señal y el ancho de banda hasta que recuperamos la conexión.

—Vale, me desquicié muchísimo —concedo en cuanto todo vuelve a fluir—, pero te aseguro que aquí está pasando algo raro. La que me montó el cielo cuando te mandé todos esos mensajes no era ni medio normal.

—Lo que no es ni medio normal es esa idea tuya de reemplazar un arsenal de psicofármacos por la hierba y el licor casero de una zumbada a la que acabas de conocer. ¿Sabes que la marihuana puede exacerbar tremendamente los problemas de salud mental?

—¿Tanto como el imbécil de mi ex o la psicópata que tenía por jefa?

Él gruñe y niega con la cabeza sin dejar de teclear y de mover los ojos para apuntar a los tres o cuatro monitores que tendrá el monstruoso ordenador con el que trabaja. Temo que no haya sido buena idea contarle casi todo lo que me pasa, pero él es toda mi familia y…

—A ver, mírate esto que te paso —dice, y me casca una dirección web en la pestaña del chat—. Son las noticias de la comarca donde vives y están cubriendo ahora mismo el temporal. Hablan de una tormenta de gran aparato eléctrico y de un inusual evento de rayos globulares.

—Bah, lo que me atacó anoche no era ningún rayo.

—Hay varios vídeos y fotografías de lo que pasó ahí, Claudita. Pregúntale a Google por los rayos globulares, hazme caso. Se trata de un fenómeno atmosférico extraño e inusual pero tan natural como tu parra.

Yo bostezo y me paso al tono triste.

—Aún no tengo parra.

Pierdo la conexión y tardo un rato en recuperarla. Es lo que tiene este sitio.

—Lo siento. De verdad que siento ser un ogro —dice al clavar la vista de nuevo en la webcam, tratando de sonar entre dulce y solemne—, pero tienes que serenarte y dejar de ponerte ciega en vez de medicarte. Y lo sabes.

—Estoy bien, créeme. Y créeme también cuando te digo que lo que había anoche en el cielo parecía estar vivo.

Él se encoge de hombros y me pasa otro enlace de los que ha estado reuniendo mientras yo trataba de reconectar.

—Mírate este, también es sobre los rayos globulares. Yo me acabo de enterar de lo que son. Duran un rato y bailan en el cielo, pero no dejan de ser las centellas de toda la vida, las de los «rayos y centellas», sí. En Japón forman parte de la tradición oral desde siempre. *Hitodama*, las llaman. Se asocian a las almas de los difuntos, como pasa con la aurora boreal entre los del pueblo inuit... Las luces más locas del cielo siempre parecen algo paranormal a ojos desentrenados.

—Hermanito, gracias por consultar para mí la puñetera *Wikipedia* un rato, pero lo que yo vi ahí fuera era como un gigantesco incendio de luz fría, y se comía el horizonte.

—Pues porque estarías en el epicentro del temporal, digo yo.

—Y yo te digo que vi algo.

—Sí. Una bola de plasma altamente ionizada por campos magnéticos autogenerados, toma ya.

—Eso no lo entendería ni tu cuñado —digo con una sonrisa ácida.

—Es una cosa que sucede cuando se calienta mucho el gas de las tormentas. ¿No me decías el otro día que te has enterado de que en esos pantanos se está filtrando un festival de metano hacia la atmósfera? Pues ahí lo tienes, una deflagración de gas natural, eso fue lo que viste, y no una marcianada, ni tampoco la luz de los muertos. ¡Y si no quieres acabar viendo burros voladores, hazme caso y céntrate ya con lo que te tomas por las noches!

Le pongo mala cara.

Él parece triste de repente.

—Por favor, Claudia.

—Te quiero, chiquitín. Gracias por intentar ayudarme.

Él le arrea un beso a la cámara y me cuelga. Yo me colgaría de un peral.

Pero los tengo torcidos.

—Siempre te quedará el cavaquinho —ronronea Mao al tumbarse sobre el teclado para aprovechar el calor del portátil.

Me termino la tila y, mientras leo los enlaces que me ha pasado mi hermano, le acaricio el lomo y él va cerrando los ojos y enroscando la cola alrededor del cuerpo.

—Yo sí te creo —añade al bostezar—. Y seguro que el espantapájaros también, porque la tormenta se lo llevó.

Hitodama (人魂, «alma humana»), según el folclore japonés, son las almas de los recién fallecidos tomando forma de una llama fantasmal. La palabra *hitodama* es una combinación de las palabras japonesas *hito*, que significa «humano», y *tama* (abreviación para *tamashii*), que significa «alma». Estas llamas, según cabe suponer, aparecen como esferas azules y en ocasiones verdes con una estela larga. También se cree que son fuegos fatuos o seres embaucadores que se originan de gases fluorescentes que en ocasiones pueden verse sobre las tumbas.

Wikipedia

Día veintiocho

En el que se reinventan Netflix, la radio, el heredar y el núcleo del planeta

Me estudio en el espejo del baño, observo lo rubia y lo fea que soy pese a lo resultona que me sé a poco que me arregle. Aunque ya nunca me arreglo.

¿Para qué, para los gatos?

Abro la portezuela que es el espejo y contemplo el vacío que hay donde solía estar mi arsenal de pastillas.

Mi psiquiatra decía que nunca podría dejarlas sin descontrolarme por completo, pero el caso es que pronto llevaré un mes. Y me siento bastante bien, de la cabeza y de todo. Será que me funciona mucho más el cavaquinho. Que es más terapéutico.

Recuerdo que la doctora me explicó que dándole al instrumento reduciría mis niveles de estrés y ansiedad, así como los índices de cortisol. Que eso me ayudaría a mantener a raya según qué pensamientos y no sé qué más. Lo cierto es que el cavaquinho parece que me está ayudando más que ella, que insistió hasta aburrirme en lo peligroso que podría ser para mí lo de dejar de anestesiarme el alma.

Ya toco unos punteos que, más que inventados, están casi hallados al explorar el instrumento; suenan como improvisados, de *jam session*, se diría aquí, si yo tuviera algún talento musical, supongo. Me resisto a llamarlos composiciones, lo mío de un tiempo a esta parte son más los compostados, las deposiciones y las descomposiciones, que me he tirado el día esparciendo estiércol de vaca por un sembrado.

En fin, que como dice Mara, este cacharrito lo toco a mi *flow*, pero a mí, honestamente, empieza sonarme de fábula en los momentos en que me asalta la inspiración. Ya les saco a las cuatro cuerdecillas hasta una especie de tono y timbre específicos, un sonido que algún día, cuando ya esté vieja y nostálgica del todo, será escucharlo y decirme algo como: «Esto es del pantano».

De cuando me dio por tocar en camisón en el porche al atardecer, en mis días de fatiga muscular, huerta y crepúsculo. De los meses que me tiré alimentando con mi sudor y mi sangre a los enjambres de mosquitos del báratro. Y respirando el aire puro de la ciénaga infecta, cien por cien metano en sus vaharadas.

Tengo una tonada lenta y melancólica que se llama «Aprendiendo a aprender»; una rueda juguetona pero puñetera y frenética a la que le casqué por título «Mono en el marjal»; una balada dulce, de pellizcos a las cuerdas, a la que

Mao llamó «Me cagaré muy tierno en todos tus sembrados», y otra muy estridente y sucia que, cuando la enfilo bien, suena siniestra por momentos, «Las luces de tus putos muertos», aunque me sale machacona y bruja siempre que hay luciérnagas, o fuegos fatuos, o avionetas de fumigar, o drones, o lluvia de estrellas, o fuegos artificiales en el pueblo de al lado o, yo qué sé, chiribitas en mi cerebro.

Porque aquí no hay Netflix, hay horizonte. Las farolas se han ido al fin, y con ellas la humanidad; la tuya también.

Ahora las luces en la noche te pasan todas por encima, de largo. Que ahí va otro avión de pasajeros, sobrevolándote en su viaje al interior del país. Tú eres poco más que tus patatas, solo andas una capa por encima de la corteza de lentejas de agua, la superficie del cieno, la tapa de la acequia, del cenagal, la piel del pantano.

Debajo bulle la vida. Por encima te arrastras tú. Arriba vuelan los dioses. Hortelana a tus hortalizas. Que tienes muchos planteles que armar por culpa de la tormenta.

Así que punteas tu ukelele portugués hasta la próxima crisis.

Cuando me coge una como la de ayer, con temblores, me encrespo y doy al traste con el punteo. Y si me pega muy fuerte el agobio y ya no me vale con pensar en otra cosa y tirar millas como pueda, me lío un canuto con la hierba de Mara. Hace maravillas. Me empana.

Y así paso últimamente las noches, a solas, hasta que me derrotan el cansancio y el reino animal. El gato se larga por el pantano a hacer salvajadas y me deja a solas con los mosquitos del infierno y la escopeta sobre el dintel de la puerta, dándome a partes iguales miedo y tranquilidad. Aprendí a engrasarla, desmontarla, amartillarla..., ya solo me falta saber disparar, pronto me pondré a ello, lo haré insistiéndome en que los pensamientos autodestructivos ya nunca volverán.

Aparte, es cierto lo que dice el gato, ya he visto dos veces un cuadricóptero de juguete sobrevolando Finca Elisa. Alguien me espía. Tendré que practicar el tiro al dron.

Y luego está el pequeño detalle de que cuando voy fumada me da todo tan igual que, como me entre uno de esos pinchotas de los que habla Mara, lo mismo le descerrajo un tiro y me quedo tan pancha. No es tontería, hay días en que me creo bien capaz. Mi integridad personal parece importarme poco, entre el ataque de fibromialgia y el cataclismo atmosférico. A ratos mandaría demasiadas cosas al carajo.

Algo parecido me pasa con la emisora, que un día de estos igual la arrojo al pantano. La he dejado en el canal catorce, el que utiliza el vecindario para reunirse y casi siempre entablar conversaciones anodinas o de interés general, solo que aquí las de interés general son anodinas por unanimidad. Con todo, el aparatillo difunde una nebulosa mal hilada de conversaciones de taberna entre los lugareños, que dan ascopena todo el tiempo, sí..., pero también hacen más compañía que la radio de verdad.

Y eso me pide el cuerpo todo el rato. Compañía.

Pero buena.

—He venido aquí para aprender a estar sola, entre muchas otras cosas, porque no hago más que juntarme con mala gente —le digo a la baranda donde suele descansar Mao.

Y está tan vacía que me entran ganas de llorar.

Me enturbio y me pregunto qué rayos hago con todo. Por enésima vez. Hablaría un rato con Alexa o le mandaría un wasap a mi hermano, pero antes de que me decida a administrarme alguna de esas sustancias suena la emisora:

—Lo llaman pantano porque no le consiguen situar el fondo —dice el Brujo de Larvas.

Su vozarrón con acento ruso truena desde el altavoz del viejo cacharro, tan chisporroteante al pronunciar las eses como la sartén de hierro medieval que me hace la comida ahora. Freír los huevos de ganso de Mara rasca y crepita tanto en la sartén como dejar sonar el altavoz de la emisora de Finca Elisa.

—¡Estamos en un lugar maldito! —se desgañita Serguéi.

Sé su nombre y conozco su voz, y nada más, porque no habla de sí mismo, solo de este sitio. Dice que lo ha sobrevolado cientos de veces y que lo mantiene bien vigilado, así que ya sabemos quién es el piloto de drones. Con todo, supongo que el Brujo de Larvas no es más que otro de los chalados de por aquí. Uno que ocupa varios canales, que empantalla bastante frecuencia. Todavía no controlo la jerga, pero «empantallar frecuencia» creo que es como quemar ancho de banda, chupar cámara, invadir plazas de aparcamiento, acaparar viviendas, ocupar páginas... La cosa es que a veces el fulano se pone a desbarrar y es la voz de la ciénaga, el DJ de la albufera, el plasta local, la cosa del pantano.

El postureta del día. Porque le dejan el canal para él solito y lo mismo resulta que ni la estática lo escucha.

—Este enclave tiene una capa de sedimentos y luego una de roca y, si la perforas, está la del acuífero que da riego a los pozos de los que bebéis los de este lugar, criaturas mías.

Y pone música de Moscow Death Brigade.

Se puede tirar así muchas noches. Se mola todo, contándonos la mística de la vida del anónimo hortelano de aguas negras. Creo que se toca al improvisar su *show* desde una cabaña de madera a medio pudrirse, probablemente a cuatro parcelas de la mía. Cuando anda sembrado y yo encendida, me pregunto si no será otra de mis obsesiones de agricultora ensimismada, como el tío medio pez que sale del pantano y me empotra en sueños últimamente; pero no tienen la misma voz ni tampoco son voces como la del viejo de las barbas, el veterinario ese, otro zumbado del lugar. A cuál más grimoso.

Maldita sea, qué de basurillas me rodean aquí. Y esto de la soledad va a ser como un gato o una cerveza: amargo, sí, pero al final se hará querer a su peculiar manera. Así, tan cabrón y tan salvaje. Que lo mismo te deja con las chaladuras al micro de un hortelano aburrido, y menos mal que no ha probado a rapear o a cantar rock siniestro.

—Más allá de los túneles que excavamos los hombres y

de las cuevas que abre la lava de los volcanes hay unas criaturas, viejas y enormes como las montañas, ciegas y con la fuerza de los terremotos, que roen el mundo ahí abajo. Gusanos devorando y morando la pulpa de nuestro planeta. Los ctónicos, los que socavan las profundidades, son fuertes en este pantano. Y lo reclaman. Oh, sí, los amos de la tierra un día emergerán aquí. Pronto bailarán para nosotros hasta hacer que todo tiemble, que la humanidad se vea sacudida. Y tal vez este humedal salte por los aires como hizo el de Tunguska.

Y pone música de Killus. O eso dice mi Shazam.

Retomo el cavaquinho, que no me va a modernizar con toda esa tralla, pero lo cierto es que sí me entretiene porque, como dice el aforismo, cuando no puedes deslumbrar con tus genialidades, desconciertas con tus gilipolleces.

Intento puntear al ritmo de la música un momento, pero es imposible. Bostezo de aburrimiento, estoy por irme al catre.

Enseguida se arranca a hablar en ruso y me pregunto de dónde será exactamente porque el traductor del móvil no lo sabe situar, y luego va y suelta algo demencial, en castellano, que me corta el rollo con el cavaquinho y me hace apagar la emisora de radio:

—Excavan a través de océanos de rocas metalizadas y fundidas, como el bajío que atraviesa la niebla, y no, no han de respirar. Viven muchos siglos en el núcleo del planeta, allí crecen, se reproducen y mueren. Solo sus proscritos, criminales y desquiciados atraviesan el manto y al final exploran la helada corteza del mundo, donde nos agrietamos los hombres.

Y hasta aquí.

Porque apago la emisora y, en cuanto se hace el silencio, me percato de que algo se mueve por la acequia.

Me erizo lo mismo que el gato si ha oído una presa, y pillo enseguida el teléfono y abro la aplicación de la linterna.

Hay un chapoteo justo entre lo que queda de mis alcachoferas y el cañaveral de la finca de al lado. Me pita el teléfono dando las doce, mi hora de recogerme, pero no lo voy a hacer aún.

No con algo demasiado grande para este sitio dándose el baño cerca de mi alberca.

Noche veintiocho

En la que persigo un espasmo nadador

Llevo siguiéndolo ya diez minutos. Me sonó el reloj justo antes de que saltara estrepitosamente de mi acequia para pasar a chapotear al ramal principal y luego irse a orillar la parcela del vecino. Está bajo las lentejas de agua.

Es enorme, un tiarrón. Nada cerca de la superficie, con fuerza, a coletazos, sacudiendo légamo y hojarasca y la capa de porquería grasienta que flota en el caz de suministro a los regantes. A ratos apenas deja ver una forma alargada, a ratos levanta una ola, sacude con fiereza las hojas de los camalotes o explota en una onda enorme de agua pestilente, amparado por la oscuridad.

Lo sigo por los caminos del pantano, a la luz de las estrellas. Por lo que estoy aprendiendo de este sitio gracias a la emisora, debe de tratarse de un inmenso siluro de los que a veces se cuelan por la albufera, una especie invasora que puede alcanzar cien kilos y dos metros y medio.

Le voy a la zaga por las riberas que puedo, en ocasiones le pierdo un poco el rastro, sobre todo cuando se aleja de la orilla, pero ahí está otra vez.

Siempre reaparece. Sé que va a seguir en su medio, avanzando tranquilamente; se mueve con autoridad de monstruo, con la confianza del que no tiene depredadores, con el tronío del rey de su ecosistema.

Yo no. Yo tropiezo y piso en falso a menudo, descubriendo mucho más mi posición.

No debería estar aquí. Tendría que haberme dormido hace ya rato, o eso me dice el móvil. Es peligroso rondar a las tantas por el pantano, o eso me dijo Mara. Me acuerdo de cuánto insistió en lo fácilmente que te puedes perder así y me pregunto adónde demonios voy por la alquería abandonada de al lado, en camisón, sin nada más que el móvil y las llaves de Finca Elisa.

Se está levantando brisa y eso traerá brumas, y con las luces de los fuegos fatuos que ya empiezan a prender, este escenario luce demasiado tétrico hasta para alguien que ha fumado hierba y no tiene nada que perder, como yo ahora mismo. Está cada vez más claro que voy a volverme loca en este sitio. No sé si desconectar de todo me está conectando con algo mucho peor, que es mi cabeza. O el pantano. Dos cosas que tal vez no funcionen bien juntas.

Con todo, hago balance y me dispongo a dar media vuelta y marcharme para hacerme una manzanilla y hablar con el gato, dejando estar lo que sea esa cosa enorme que hay en la acequia cuando, de un violento espasmo, emerge justo antes de desaparecer en la oscuridad y la espesura de un cañaveral.

Apenas lo veo.

De modo que no estoy segura de qué era lo que dejaron escapar el légamo y la capa de lentejas de agua y plantas flotantes, pero a la luz de la luna lo cierto es que la masa de bultos oscuros que salió de la acequia, más que parecerse al cuerpo de un siluro, me recordó a la espalda de la criatura con la que ya he soñado un par de veces, la que sale del agua y se mete en mi cama.

Tenía sus mismos ojos incandescentes. Dos fuegos fatuos crepitando. Más luz bulléndole ahí que a ningún gato del pantano.

Me doy la vuelta con un escalofrío y enseguida se levanta una bruma helada. Llego a casa a paso ligero y mirando por encima del hombro. Al fondo del camino los fuegos fatuos ya danzan en chiribitas, a los lados del camino braman las ranas a la luz de las estrellas y juraría que aprietan el canto a mi paso.

Mao me recibe desde su otero en lo alto de la verja de Finca Elisa, con los ojos entrecerrados pero también muy refulgentes. El gañido de ballena moribunda de la verja me da la bienvenida y todo debería devolverme la paz, sí.

Pero sé que apenas voy a dormir esta noche.

Esta tampoco.

Día treinta y uno

En el que aprendo a disparar paz y se decreta la Semana Internacional de la Manzana

Desde que hablo más por radio que con Mao me estoy volviendo tan chalada como los de estas huertas. Y no sé qué es peor, porque Mao a ratos me pone los pelos de punta, pero la gente de aquí todavía más. Ya ni me acuerdo de cuando mi coco era el paro.

También me pesa que ahora este sea todo mi horizonte social; dime con quién andas y te diré quién eres. Juntarme mal con los demás me ha fastidiado mucho en el pasado, de ahí que viniera a este sitio buscando la soledad, no para ir de la sartén a las brasas.

El caso es que esta mañana he confesado ante la emisora lo de mi persecución al siluro de la otra noche y ha ardido la radioafición como si fuera Twitter, hasta han aparecido vecinos emitiendo desde sus primeras residencias, regantes de los que se pasan por las frecuencias y las no sé qué del pantano para vigilar que todo vaya bien por el marjal desde sus pisos en la ciudad. Y, entre todos, me han calentado la cabeza cosa mala para que me ocupe del intruso de mi acequia como corresponde y mandan los cánones: de un escopetazo.

—Que para eso es la escopeta —ha dicho el tal Rabocop—, para descerrajarle un tiro al primer bicho que moleste, ya tenga alas, patas o escamas. Hay que mantener a raya a las especies invasoras y eso es tarea de todos.

Así que a media mañana ha venido Olegario y me ha tenido un ratito practicando con el arma. Me ha enseñado a abrir fuego como el que te enseña a poner el lavavajillas. Yo venga a preguntarle cosas del permiso de armas y que si no hay que mantener el cacharro confinado en un mueble armero y todo eso que me cuenta el ChatGPT, pero él ni caso. La inteligencia artificial no puede competir con la estupidez natural, dicen.

—Tú solo clava la vista en el punto de mira y mantén firme el pulso —ha insistido una y otra vez—. A ver si te cargas al bicho ese, que nos está arrasando los cauces y tiene la culpa de que por los carrizales ya no se vean anguilas.

—No me hables de anguilas, que tengo pesadillas con una que…

Y he pegado cuatro taponazos y ahuyentado a los gatos como nunca. La mitad de las naranjas de la galería de tiro han explotado.

Lo confieso, me he sentido poderosa por un instante.

Luego me he zampado una menestra de dos palmos y he terminado de vigilar el primer y tímido riego desde la tormenta hasta que se ha puesto el sol, momento en que he me he metido en casa para hacerme una ensalada. He reparado en lo tranquilizador que resulta ahora entrar en mi tristísima vivienda y pasar bajo el dintel en el que descansa mi arma de fuego, engrasada y cargada, que creo que ya sé usar. ¿Que no le pondré nombre?

Anda que no he cambiado en el mes que llevo aquí. El azadón me está poniendo cachas. Estoy evolucionando casi tanto como la casa. Pronto tendré más peligro que un semáforo en azul.

El tufo a anciano sudado, a próstata rancia y a pelusas de gato ya se ha ido. Ahora esto está siempre bien ventilado, oliendo a cosas ricas o a productos de limpieza básicos, y no queda casi nada de las pertenencias de Fermín, habré tirado varias bolsas de cosas suyas, empezando por toda su ropa y el menaje, que ya podrían haber hecho limpieza sus hijos.

Ando tan intrépida para según qué menesteres y distracciones que incluso he decorado algún que otro rincón, con cosas que me compro por internet y que me trae Mara. Me puse un par de tiktoks y luego dos videotutoriales de los de YouTube antes de practicar con ropa vieja y luego con un rollo de tela bonita, y ahora, como rima la canción que compuse anteanoche al cavaquinho, por fin tengo unas cortinas de lo más cuco, a juego, una para cada ventanuco.

No está mal para una cabaña de aperos agrícolas reconvertida legalmente en vivienda gracias a la dejadez de las administraciones de los noventa.

La cáscara vital de un viejo recién reventado es lo que me he comprado. A ratos me siento como si, tras mucho regateo, me hubieran vendido en Vinted un sudario usado. Pero… ¿y lo bien que me sienta?

Ya he confeccionado algo de mantelería a medida y en nada pienso estrenar el primero de una colección de maceteros de macramé que acabo de empezar, siguiendo el mismo procedimiento que con las cortinas de tela. Dentro de poco me veo haciéndome una hamaca para el porche, pero la auténtica obra de arte revolucionaria y salvadora ha sido la primera de todas: mi mosquitera de dosel. Mano de santo.

Y más cosas que haría para adecentar la morada si tuviera presupuesto, pero poco a poco. Por lo pronto, este hogar empieza a parecer mío. Y a gustarme.

—Alexa, pon música de Garbage.

—Tengo problemas de conexión.

Últimamente pasa eso cada vez más a menudo. Desde la tormenta o así. No sé si será la antena de Starlink que tenemos. Dicen los vecinos que por eso aquí se siguen usando los radioteléfonos y las emisoras, porque lo rural no se puede fiar de las cosas nuevas.

Al principio me habría entrado pánico; ahora, con todos los trabajos de mis alumnos ya corregidos y las próximas entregas programadas para dentro de un par de semanas, empieza a darme igual. Ya no me siento tan aislada, la verdad. Al teléfono, que la cobertura de voz es buena casi siempre, tengo a Mara y a mi hermano, y en la emisora a todo el vecindario, así que, a falta de una mejor compañía y mientras veo si vuelve internet o no, subo el volumen al trasto del viejo Fermín y escucho las diatribas de mis homólogos sobre el alza del precio de los fertilizantes mientras me zampo la cena a dos carrillos. La cosa se vuelve cada vez más aburrida hasta que se ponen a hablar de la guerra de Ucrania, y eso, con tanto inmigrante del Este por aquí, no es que sea tabú, es que es garantía de que la discusión se enciende y se pone a malas, hasta que alguien opta por mandarla a pastar y apagar el trasto. Y yo hago otro tanto.

Luego salgo con Mao y con su novia al porche, a darle al cavaquinho hasta que me entre sueño, y de ahí al dosel.

—Me siento bien últimamente —le digo al gato tras tocarle cuatro temas—. Está claro que en estos pantanos pasa algo raro de narices y que tal vez tendría que preocuparme por ello, pero también siento cada día más paz en el pecho.

—Te falta aprender a ronronear.

—No te burles. He recuperado muchísima salud mental y ahora hay cada vez más aspectos en los que se diría que llevo una vida ordenada y tranquila. No había podido decir algo así desde antes de la universidad. Empiezo a sentirme bastante limpia, doctor.

Él solo bosteza y mira a la acequia. Al cabo de un rato, sin abrir los ojos ni moverse apenas, me dice:

—Eso de que insistas en que aquí pasan cosas raras es muy gracioso... Yo diría que lo más raro que he visto en ocho siglos eres tú.

—¿Y no te mosquea un poco que un vecino que apenas me conoce me haya enseñado a usar un arma de fuego?

—Bah, eres más de asfalto y más cagueta que las croquetas esas que me das para cebarme.

Los mosquitos me obligan a meterme en casa y paso otro rato en la emisora mientras me embadurno en crema, en un intento de curarme la piel de medio cuerpo, no sea que el sol me la termine destrozando del todo. Es de lo poco que hago ya por mi imagen personal.

Me aplico el potingue a la vez que mantengo una conversación con Mara por radio. Todavía soy muy torpe usándola, apenas me da para lo más básico.

—... pues ya estoy armada y soy peligrosa, tía —digo—. Ha venido Olesaurio y me ha enseñado a manejar el trabuco antediluviano ese que me dijiste que me hiciera mirar. En un ratito me ha licenciado y dado su bendición. ¿Se puede ser más irresponsable? Cambio.

—A ver, al bueno de Ole mira que le gustan las pelis de vaqueros y las cosas toscas... Fijo que ahora mismo estará fardando de haberte militarizado en el canal catorce, el muy cabrón. Pero tú piensa que en este sitio todo el mundo tiene que guardar su finca. ¿O te crees que me hace feliz tener a los gansos todo el puto día graznando por la casa a la mínima? El otro día va el más gordo y... Uh... Te dejo, nena, que tengo a mi padre revuelto hoy.

Al poco me acuesto y, qué maravilloso es cuando me salen bien los planes, me duermo casi en el acto. No hay nada como los libracos infumables de Fermín para quedarse roque. Ahora estoy con un tostón más pesado, raruno y denso que los evangelios apócrifos, porque con despacharme un par de páginas ya me vence el sueño. El tocho se titula *De los misterios del gusano*, y no parece tener ni editor ni depósito legal, solo demasiados años. No estoy segura de qué rayos me está contando sobre algo de una iglesia formada por los que adoran a no sé qué ídolo pagano, un «ciclópeo gusano masticador de roca», o eso aparece en una lámina muy burda. Tanto como que no sé decir si el dios al que rezan los del rollo mitológico este es un gusano o un calamar. Está todo plagado de cantos y de ripios que para colmo más que poemas parecen oraciones.

Lo triste es que, por mucho que me caiga redonda apenas me tumbo en la bendita cama, hay otra cosa que también es matemática: me basta con un par de horas de sueño para despertarme empapada en sudor. Sueñe con que la anguila es mi amor o no.

Ya hace unos días, desde el último brote de fibromialgia, que no combato las pesadillas en posición horizontal, insistiendo en volver a dormirme. Ahora me levanto para refrescarme, bebo algo, meo, me fumo un canuto, salgo al porche a mirar las luces del pantano un ratito y puede que hasta a puntear un poco el cavaquinho. Que es terapéutico. Y algo terapéutico tiene que ser como mil veces gigapéutico, dice Alexa.

Otras veces enciendo la lámpara de la mesilla de noche y vuelvo a los libracos desquiciados del yayo.

O hago lo que hoy, encender la linterna del móvil y salir a arrancar una manzanita perfecta para comérmela en la mecedora, que estoy en la Semana Internacional de las Manzanas; o me como una cada dos o tres horas o se me van a estropear. Y por mis cuernos que no pienso tirar ni una, que no me he estado partiendo la espalda hasta sacarlas adelante para luego dejar que se echen a perder. Es esto o tener que hacer compota.

Ochocientos tarros de compota.

—Y otra —dice Mao con las largas puestas en la penumbra, tan juguetón al interceptarme en su patrulla nocturna—. Si sigues dándole al manzanar a ese ritmo pronto no habrá laxantes en el planeta para hacerte cagar de nuevo.

Yo le acaricio el colodrillo y la garganta. Ya se deja hacer de todo y me encanta. Domesticado no está, pero a ratos se lo hace, y finge bien los sucedáneos del orgasmo. Bostezo y estoy volviendo a la cama cuando dice algo que me remata:

—Desde aquí oigo a tu amigo, el de las noches locas. Está otra vez de ronda y patrulla dentro de la acequia. Lo puedes encontrar chapoteando en el cuérnago frente a la verja. Y no está solo. Va con una larva.

Y me digo que es buen momento para liarse a tiros en la oscuridad.

Me encanta este sitio, cómo me trastorna.

Entro en la casa, me pongo una chaqueta de punto, descuelgo el arma y me la echo al hombro. A ver si hay suerte, doy con el siluro, me convierto en la heroína del pantano y me declaran reina del baile de los tullidos sociales.

Enfilo el camino hacia la salida de Finca Elisa cuando el reloj del móvil me avisa de que son las doce de la noche. Ya es la segunda vez que acaba el día con un marrón.

Porque tras la verja de mi alquería veo a alguien caminando en pijama en la oscuridad.

Noche treinta y uno

En la que el loco zarpa sonámbulo hacia las luces del horizonte y se expende el miedo

No sé cómo hace para no caerse a la acequia con tamaña oscuridad. La luna y las estrellas dan para ver alguna cosa, sí, pero el manto de lentejas de agua que convierte la superficie de los canales de riego en una alfombra verde..., eso es tan traicionero como un campo de minas, y o se conoce el camino como la palma de la mano o no se entiende cómo puede un anciano tan decrépito andar rápido por este sitio a estas horas. Yo ya me habría embarrado cien veces.

—¿Hola?

Ni caso. Dudo que me haya oído siquiera.

Lo sigo hasta que le doy alcance por la diagonal, porque lo he reconocido enseguida, pero lo tengo que confirmar de todas todas. Y sí.

Es el padre de Mara.

Tengo el móvil en linterna, así que no me cuesta nada

abrir una videollamada con Mara. Porque, ahora ya sin duda, toca estrenar su número de teléfono.

Pero va a ser que no, ya me previno ella al enseñarme a usar la emisora, el móvil solo lo enciende durante la jornada laboral. Y no son horas. Así que soy la única persona que sabe que su padre se ha escapado otra vez.

¿Y ahora qué?

Me acerco a él mientras trato de recordar qué es lo que hay que hacer con los sonámbulos hasta que me percato de que no parece estar dormido. O sea, yo qué sé, está tan empanado como el otro día; ni más ni menos. Es él, lo poco que es. Maldita sea, cómo decirlo, pues que lo veo igual que siempre, es decir, en la parra y punto.

Musita algo, no sabría decir en qué idioma, aunque supongo que eso da igual, porque hasta en navajo se distingue enseguida cuándo alguien está contando.

¿Contando pasos?

En la mano lleva una brújula idéntica a la que yo conservo en la repisa de la chimenea, heredada de Fermín. La mía está rota, señala al este, hacia el mar. La suya, con esta luz no veo bien adónde marca, pero me da lo mismo porque creo que vamos directos hacia las marismas. No puedo dejar que se aleje mucho más.

Me decido a llevármelo al porche y pedir ayuda por radio, así que le echo una mano al brazo y de pronto explota el dolor.

Porque el sopapo con el que me aparta me manda al suelo, a dos metros de distancia.

Ha sido una manotada con toda la palma a gran velocidad, una reacción terriblemente violenta que casi me arranca el hombro; no es como si un yayo decrépito me empujara, sino peor que aquella vez que, durante mis años de tarambana recién divorciada, el puerta de un garito golfo me envió al pavimento de un empellón por insistir en colarme sin invitación. Nada de eso.

Me ha derribado igual que a un insecto. Su vigor asusta al lenguaje, es la embestida de una camioneta. En fin, tiene una fuerza indecible. A este tiparraco no lo puedo dominar si no es a punta de escopeta. Y el caso es que la escopeta la he traído para el siluro, no para liarme a tiros con el vecindario. Eso son palabras mayores. Quizá tendríamos que dejarlo estar aquí.

Pero lo cierto es que hay una parte de mí que se siente cargada de energía con todo esto. De un tiempo a esta parte, concretamente desde que cambié las juergas y sus penitencias (en forma de clase de *spinning*) por la vida en la huerta, me veo hecha un roble. Me machaco tanto a lo largo del día, ya sea con el azadón o con Apartagatos, que luego me como media huerta y no paro de ganar peso, pero lo más gordo es que sigo usando la misma talla de ropa. Esto es que no engordo, solo estoy cada vez más dura, cambiando día tras día mis fofeces por masa muscular dolorida; y, demonios, que soy bastante alta y tampoco es que el viejo me haya pillado relajada. Alguien simplemente fuerte no me manda al suelo tal que así, como el que lava. El yayo tiene para dar miedito.

Y si me endiña otro guantazo, la cosa igual se pone fea, que ya llevo tras él cinco minutos y todavía me cuesta mover el brazo del daño que me ha hecho.

Unas veces tuerce atravesando una finca o se cuela entre las filas de los sembrados; otras, cruza un erial o recorre un camino hasta que de pronto lo abandona sin más, o se para a mirar la brújula. Cuenta pasos y la mira. Al menos eso parece. Ya hace rato que pasamos por unas fincas que están ganadas al pantano a camionazos de tierra de importación.

Tampoco es que gire mucho ni que siga una senda, más bien esquiva las zonas demasiado inundadas o habitadas, las que tienen perros sueltos, las que están valladas, las que se ven brumosas o comidas por los carrizales densos... O eso creo ver por el itinerario que vamos trazando. Porque lo sigo en Google Maps, y es bastante lineal, en dirección al este.

Hasta que tuerce un poco y llegamos a las marismas. La parte de la ciénaga que suele permanecer anegada.

Poco a poco el camino va pasando de la tierra al barro y del barro al fango. En un último suspiro, nos fallece un camino interceptor y a su fin se abre un embarcadero entre las cañas, para dar paso al sumidero de las acequias del pantano, a la parte que se tiene que cruzar, cuando la marea está tan alta como ahora, en bote de remos o balseando a percha, sobre todo tras unas cuantas tormentas como la del otro día.

Y en mis narices, tan iluminadas por el teléfono y la niebla de los mosquitos, el padre de Mara se sube a una barca. No tengo ni idea de dónde estoy, se está levantando la bruma y el yayo, que no hace caso de mis gritos, arría el único bote del embarcadero y sale remando hacia no sé dónde. Caronte estaría orgulloso de él.

Saco los mapas del GPS del teléfono y miro qué hay en esa dirección.

Nada. La nada.

Pongo la vista de satélite y, en efecto, eso es todo pantano.

Pero espera.

Hay algo en el centro. Parece un cuadrado.

Un techo. Hasta donde da el aumento, eso tan pixelado parecen cuatro placas de chapa corrugada, de la de techar, la que tengo que cambiar en Finca Elisa para terminar con las goteras.

Miro en dirección a la casa, hacia donde ya desaparece el bailoteo de cañas que marca la posición del bote en el que rema el padre de Mara en pleno trance. Sí, se dirige hacia allí.

Hay algo en lo más hondo del pantano y a su encuentro que va el señor este. A ver qué le digo a Mara. ¿Que su padre me da miedo? ¿Que creo que ha ido a un sitio que a saber?

Porque se está metiendo en plena marisma, más adelante ya se abre la albufera y, tras el cordón de arena que la cerca, está el mar.

Pero entonces una de las luces del pantano, una espantosa centella azul tan irreal como las de la tormenta, se enciende probablemente donde está la casa de la laguna para siluetearme, ya bastante lejos, al remero en su lucha con el juncal, la oscuridad, los mosquitos y los murciélagos que se los comen.

El padre de Mara está viajando como una polilla hacia la luz.

Muy cerca de su barca, me parece distinguir un chapoteo en el agua, uno grande, bruto. Como el de la criatura a la que yo venía a disparar.

La luz del pantano se apaga de repente y me quedo a solas en el embarcadero, con el teléfono en la mano y las luciérnagas y el frío por toda compañía.

No me queda otra que echar a andar de vuelta a casa, a paso ligero, con un ojo en el GPS y el otro al frente, no sea que pise otro charco, tan negro como hediondo, de los de este límite del humedal. Que por aquí ya los hay hasta profundos. Paso un largo rato esquivándolos lo mejor que puedo, reduciendo mi distancia hasta Finca Elisa, maldiciendo mi suerte y la rasca que empieza a hacer.

Miedo no tengo. En serio, apenas me entra canguelo con todo esto, o así me digo. ¿De qué tendría que asustarme yo? Si vine a este sitio para mandarlo todo al infierno, si hay una parte de mí que hace pocos días dejó de pensar en colgar una soga del nogal que tengo junto a la verja. Ahora miro a mi alrededor y contemplo la bruma que se levanta por la albufera y que me acabará alcanzando, o me fijo un momento en las luces del pantano, con esas deflagraciones de metano que chisporrotean de tanto en tanto a lo lejos, y el conjunto resulta de lo más fantasmal, sí. Por supuesto que podría sugestionarme, dejar que se enseñoree de mi estado de ánimo lo tétrico de este sitio, el mundo donde vivo ahora. Pero es que yo escogí esta fosa séptica de almas como retiro espiritual, de desintoxicación. Y, como dicen los japoneses, no hay hombre más valiente que el que ya lo ha perdido todo; hace más de un año que no le encuentro mucho sentido ni mucha gracia a la vida que llevo, y ha sido justo aquí donde eso parece que ha empezado a cambiar por fin, así que... ¿Miedo de qué? ¿De otro anciano senil a la fuga? Pero ¡si llevo una escopeta encima!

Y lo más gordo es que me ha gustado dispararla cuando he aprendido, hace pocas horas. Estoy irreconocible y eso sí que asusta, pero también es lo que necesitaba.

Con todo, me entra un poco la risa floja y no puedo evitar preguntarme qué habría hecho yo en mis tiempos de casada, de asfalto, de sofá, o incluso hace un mes, en caso de vérmelas tal que aquí, así. Quizá salir corriendo como alma que lleva el diablo de puro pánico. Por si me asalta una horda de zombis desde el cañar que tengo a la derecha, o por si se me comen las ratas, o me sale uno de los pinchotas de los que habla Mara... A saber. Cualquier pérdida de control, ya fuera racional o no. Hay que ver la de mierda que me metían entre Madrid y Disney+ en la cabeza en mi vida de urbanita. Ahora mismo me montaría mil películas yo sola, me sonaría musiquilla de terror en el cerebro, a juego con el carrizal que me envuelve; y eso es porque cuando el demonio no tiene nada que hacer, mata moscas con el rabo.

Nada como unos meses en el infierno, valorando el suicidio a carta cabal, a merced de la fibromialgia, en manos de gentuza, de psicofármacos, de un empleo catastrófico, de una sensación constante y pesada de haber malogrado tu vida, de estar quedándote cada día más desamparada y sola… Todo eso te hace reordenar tus prioridades, tus neuras, tu sensación de peligro, tu instinto de supervivencia, tu escenario social, tu horizonte inmediato. Me suelto tamaña catequesis para mis adentros mientras sigo avanzando, y lo mismo resulta que lo hago solo para insuflarme valor, para ahuyentar el miedo que intente asomar, porque ya solo me queda un diecisiete por ciento de batería en el teléfono.

Pero lo cierto es que cuando suena un chasquido en el cañar me digo si no será un gatete como los míos sin apenas enfocar con la linterna del teléfono, y me da igual si se trata de una rata como mi brazo. Estoy más molesta por el frío, o preocupada por si me pierdo en este cenagal, por la de manchas negras que llevo ya en el camisón y sobre todo por la que me puede montar Mara por haber dejado que su padre arriara un bote que vete tú a saber de quién será… Por favor, que no aparezca el pobre señor a la deriva cerca de las islas Columbretes, con una insolación del carajo y medio deshidratado.

Y esas son las películas que me monto ahora mismo. Aquí cualquiera se armaría las paranoias propias de las películas de terror, pero si a mí eso no me hace mella igual es porque llevo un mes instalada en una de Stephen King: mi casa. Así que aprieto el paso, sin drama ni tensión, ni más presión que atender al GPS, mirar el reloj, el porcentaje de batería, las luces del coche que se aproxima...

Porque alguien viene hacia mí. Me enfoca con dos chorrazos de faros xenón y se me cae el teléfono a un charco. Lo recojo enseguida y agradezco el día que compré uno con IP68, de los que aguantan hasta chapuzones.

Se me echa encima un todoterreno bestial; no como el de Mara, sino de los de verdad, de los que no hacen concesiones estéticas. Tiene hasta un esnórquel y faros en el techo, si no me engaña su perfil a contraluz.

Se detiene al frente, se queda al ralentí, como a veinte metros de distancia. No sé cómo le pintará mi estampa de señora en camisón con chaqueta de punto que chapotea por el cieno a las tantas, escopeta al hombro, móvil al frente, cara de sapo deslumbrado. Ahora sí que respondo a la perfección al concepto de «loca de los gatos».

—¿Hola? ¿Puede ayudarme? —digo.

En el interior del vehículo oigo la voz de una emisora de radio. Parece que estoy salvada.

—Buenas noches —contesta una mujer con firmeza y solemnidad—. ¿Puede identificarse, por favor?

—Me llamo Claudia Carbonell y soy la propietaria de Finca Elisa, a dos kilómetros de aquí en dirección oeste —respondo—. Necesito que se ponga en conocimiento de una vecina que su padre, que está muy mayor, se ha escapado. Lo he seguido hasta el embarcadero y he visto que arriaba un bote y remaba lago adentro. ¿Puede ayudarme?

—Uuuh… ¿Y esa escopeta?

Ay.

—Pues es que yo había salido de mi finca para ver si conseguía dispararle a un siluro gigantesco que estaba chapoteando en la acequia que me da riego. Y ha sido cuando he visto a un señor caminando en pijama a oscuras y… Oiga, sé que parezco una loca y que…

—Déjelo, y no se preocupe por el viejo —me interrumpe ella, que amaga una risita y cambia las largas a cortas antes de salir del coche—. Seguro que es el padre de Mara Babel. Ya no llevo la cuenta de la de veces que se habrá perdido por aquí en plena noche. Luego siempre amanece en su cama, a salvo y embarrado; da igual lo difícil que ande el pantano o el tiempo que haga, él ni se resfría ni desaparece. En fin, suba, que la llevo de vuelta a lo de Fermín.

Da un par de pasos y al fin puedo ver quién me habla. Es la guarda de campo de estas cuadras de fincas, la vigilante privada que tiene la Comunidad de Regantes. Algún vecino habrá visto la luz de mi teléfono y la habrá alertado por radio, o será que andaba de patrulla y ella misma me ha visto deambular por aquí. A saber. Lo importante es que acabo de resolver el pifostio que me había montado el yayo del infierno.

Echo a andar hacia ella, ya con menos sofoco y el móvil apagado al fin. Es una tiarrona de uniforme. No exagero si digo que un muslo suyo es casi como mi espalda. Está de gimnasio, musculada, y con esta luz parece más joven y más rubia que yo.

—Muchísimas gracias —digo al alcanzar el vehículo de la empresa de seguridad y clavar mis ojos en los suyos—. Me salva usted de una mala noche, ya empezaba a helarme.

—Tutéame, por favor —responde al abrirme la puerta del copiloto—. Me llamo Alicia, Alicia Ordóñez. Me verás por aquí muchas noches de ronda.

Nos damos la mano. Ella aprieta más que muchos hombres y transmite el doble de seguridad que cualquiera de los de por aquí.

—Encantada. Solo espero no haberte dado un susto.

—Oh, para nada.

Me sonríe al tomar asiento a mi lado y arranca. Luego maniobra con soltura y da la vuelta en redondo sin evitar el barrizal ni atorarse en la cuneta; se la ve habituada a manejarse con cacharros motorizados por el pantano, porque, a poco que enfila el camino rumbo a mi casa, ya está soltando el volante para coger el micro de la emisora, encenderla y decir:

—Noche Cerrada a Ojo de Gallo. Cambio.

Suena un momento de ruido de radio.

—Te copio, Noche Cerrada.

—Oye, ahora cuando yo cierre servicio dile a mi relevo que se pase por el domicilio de Mara Babel para comprobar si ha vuelto su padre, que acaban de apercibirme de que anda otra vez merodeando por las marismas. Cambio.

Se hace otro momento de silencio.

—Recibido y anotado. Pasa posición de último contacto para el reporte. Cambio.

—Pues… Me dice una de las vecinas que ha perdido visual con él en las inmediaciones de uno de los embarcaderos, que no sé si será el tres o el cuatro, pero tanto da, es lo de siempre. —Hace una pausa para pensar, medir las palabras o así—. Este hombre ya sabes cómo anda de lo suyo, habrá remado de nuevo hasta la caseta a medio hundir. Hay que mirar que no se haya vuelto a perder. Cambio.

Hay otro de esos momentos de silencio de radio en los que para mí que todo el mundo se pregunta qué es lo que habría que añadir y cómo.

—Roger —dice Ojo de Gallo—. ¿Reportas algo más? Cambio.

—Nah, es todo por la ronda dos. Voy a escoltar a la vecina hasta su villa y me vuelvo a la garita. Cambio.

—Recibido. Oye, pero ¿qué vecina es? Tengo aquí tu geo y veo que vais por el entrador ya bastante rato. Cambio.

—Pues la ingeniera —dice mirándome con una sonrisa—. No hace falta que le abras un incidente, esto es tan simple como que le falta mucha mili aún... Voy a ver si la pongo al día para la próxima. Cambio y cierro.

Y deja estar la emisora para emprenderla con el climatizador, vista la cara de helor que debo de tener.

—Gracias, ya voy entrando en calor.

—Lo del camisón y el destrozo que te han hecho los mosquitos no te lo puedo arreglar.

—Empiezo a acostumbrarme a esas cosas.

Ella asiente con incredulidad y toma un desvío. Se ve que conoce la zona bien.

—Así que soy «la ingeniera» —digo entre ácida y divertida.

—Nada que ocultar —responde con una risita transparente—. Todo lo que hablamos por radio es de dominio público en este sitio. O, como dirían varios vecinos tuyos, en el pantano no hay secretos... ni nada —remata socarrona.

—Ah, entonces ¿si me peleo con la emisora de Fermín te puedo escuchar hacer las rondas y las patrullas?

—Claaaro —responde divertida, y pone la voz de un conocido locutor de radio—. Si te quieres dormir no hay mejor sintonía.

Yo le río un poco la gracia.

—En fin —sigue diciéndome—, no te lo tomes como algo personal, aquí todos tenemos nuestro mote: la traductora, el padre de la traductora, el agrimensor, el veterinario, el ruso… y yo la segurata. La alternativa a eso es llamarnos por los indicativos de radio, y dado que, por lo que sé, tú aún no te has puesto uno, pues eres la ingeniera. Sin más.

Me vuelvo a reír, pero ya no tanto por protocolo.

—Oye, que mil gracias por traerme.

—Nada —contesta entre afable y marcial—, es mi trabajo.

—Me siento bastante estúpida ahora mismo, la verdad.

—¿Por qué? ¿Por intentar detener al viejo en balde?

Tomo aire y, según lo suelto, decido sincerarme por la distancia que nos separa:

—Apuesto a que a ti no te habría mandado al barro de un manotazo.

—No te creas —suspira en el tono del que reúne la poca paciencia que le queda y se arranca a recitar—: «Episodio de fuerza hercúlea», lo llaman los forenses. Es un «movimiento adrenal», o algo así, no recuerdo cómo me lo explicaron exactamente… Se da en los enfermos mentales durante sus crisis nerviosas, es algo del estado alterado de la psicomotricidad y todo eso; algunos pacientes consiguen incluso dominar a cuatro celadores entrenados y barbaridades de esas. Yo ya lo he visto varias veces y asusta.

—¿Varias veces… en el padre de Mara?

—Pues no, para qué mentir. Lo mío con estos casos viene de lejos. Hace años que me dedico a guardar sitios tan torcidos como este y ya he visto muchas cosas raras, créeme. En casi todos los servicios me suelo encontrar con trastadas así, supongo que será que me lo monto bastante mal, o que solo me mandan a lo peor que tiene este oficio. En fin, lo vamos a dejar en que al padre de Mara, será raro en sonámbulos, pero es mejor permitirle deambular en sueños por el pantano. O eso me temo. No es que sea un hombre peligroso, pero tampoco atiende a razones ni se entera de nada. La senilidad, supongo.

—Tomo nota.

Pasamos un rato en silencio, viendo pasar los cañaverales. Yo no estoy para muchas gaitas y seguro que ella tampoco, pero me gusta y me conviene la conversación, así que al final me lanzo.

—Me imagino que para ti esto es solo que soy nueva en este sitio y no entiendo cómo van las cosas por aquí, pero es que... no sé. Desde que vine tengo la impresión de que en el humedal pasa algo raro.

Ella vuelve a suspirar en otro de sus acopios de paciencia y tuerce a la derecha para tomar un camino que, ya era hora, me resulta familiar.

—Mira, Claudia..., en rigor, yo hago poco más que mirar, hablar por radio y cobrar mil cien euros más complemento de nocturnidad por perder la higiene del sueño y pasarme la vida patrullando un cenagal vacío. Pero la realidad es que este lugar es muy difícil, no te voy a engañar. ¿O te crees que cualquier comunidad de regantes paga a un guarda de campo privado para que mire el barro y los carrizales? Es evidente que aquí hay tomate, y yo pienso que es mejor que tomes conciencia del sitio en el que te has metido tú solita, y a eso es a lo que me refería cuando le he dicho a mi enlace por radio lo de que «te falta mucha mili». Verás, aquí...

Se nos cruza por delante del coche una rata enorme, grande como dos gatos de los míos, y ella como si nada. Yo pararía a maldecir, pero ella ni se inmuta.

—... ahora mismo está todo en calma, pero hará cinco años registramos una entrega a apenas tres kilómetros de tu finca. El crimen organizado ya se ha valido del pantano varias veces para hacer sus trapicheos y ajustes de cuentas con toda libertad. Los vecinos sois pocos, os recogéis pronto para dormir y no tenéis que relacionaros si no queréis, y eso convierte la zona en un buen lugar para que unos gángsteres moscovitas hagan cosas como pasarse paquetes o arrojar al pantano lo que ya han sido dos cuerpos, sin cabeza ni manos, que siguen sin identificar.

—¡Madre mía! ¿Y esos son los pinchotas de los que habla Mara?

—Para nada, el de los toxicómanos es otro caso de los que llevamos... Hay una red de arrastrados, de atracadores de chalets y villas que alguna vez se ha puesto a desvalijar por aquí. Pero tú no te preocupes por ellos, que apenas se prodigan por territorios humildes y seguro que no entrarían en algo como lo de Fermín, en tu propiedad. Huyen de las tierras de labranza, buscan siempre sitios donde ven que se puede robar algo, viviendas bien acondicionadas pero vacías. Se chutan en las más vacacionales y se llevan cuanto encuentran de valor. Son bastante inofensivos, de todos modos.

—Ya veo. Supongo que por cosas como estas es por lo que me salió tan barata la finca...

—Espera, espera —me corta con una sonrisa amarga—. Que hay más, hay mucho más. Tenemos a un par de vecinos que ofrecen sus villas por internet, en esos portales que te las alquilan por noches. ¿Y quién te crees que se mete a pasar el fin de semana en un sitio tan romántico como este y para no volver?

—Pues no sé. ¿Chavales que se emborrachan y ponen música a todo meter hasta las tantas?

—Ojalá fuera solo eso. La vez pasada me tocó llamar a la policía porque montaron una especie de orgía con drogas de diseño que se saldó con dos ambulancias. Vinieron a comer setas. En plan místico, o sea que aquello parecía una celebración espiritual, yo qué sé.

—Juventud, divino tesoro —digo yo quitándole hierro—. Ya te aviso si veo algo así.

—Lo harás, claro que lo harás. Porque tenemos también, puestos a hablar de juergas, a otro vecino que monta en su propiedad, cada dos o tres meses, una timba de póquer de las chungas, de las que se anuncian en la red oscura, en las cloacas de internet. Sospecho que hace de banca y de casino, porque cobra entrada y se ocupa de que acuda a jugar a su alquería lo peor de lo peor: gente que apuesta escrituras de viviendas y que anda fatal de lo suyo. Te hablo de unos merodeadores nocturnos mucho más discretos, sí, pero lo cierto es que alguna vez han venido con ellos fulanos con mucho peligro, de los que van armados a la mesa de juego, o de los que aprovechan para hacer negocios con sus homólogos. Reconozco que me preocupan mucho menos que los del puterío, que son un grupete de honrados y talluditos agricultores que hacen venir casi todos los martes a una de las fincas un monovolumen cargado hasta arriba de ciudadanas de la Europa del Este sin papeles pero con chulo, y el chulo es un pistolero que déjatelo estar. Y también es ruso.

Niego con la cabeza y me río por no llorar.

—Pues menudas rondas te comes tú aquí —digo—. Es todo un rosario de trifulcas.

—Ya hace tiempo que sospecho que podría estar todo más o menos conectado, o centralizado en unos pocos sujetos. Porque entre tus vecinos hay al menos uno, el de los espantapájaros, que ha venido a este sitio para esconderse, pero no sé muy bien de qué. Y no, no me refiero a gente como tú que huye de la vida en la ciudad, eso es sano, lógico y normal; me refiero a la clase de personas que intentan eludir una orden de búsqueda y captura, o a una organización criminal de las que te persiguen hasta donde haga falta.

El coche se va deteniendo y se para frente a mi deslavazada verja de color rojo carnicero, la puerta de Finca Elisa. Ya estoy en casa. Ahora soy yo la que suspira. Mao nos estudia con los punteros láser de sus ojos, encaramado a lo más alto de su atalaya en la higuera, junto a la portillera de la entrada. El rey león. Mi psicopompo. Mi faro místico.

—Mira, Claudia —dice Alicia, sonando cada vez más seria—, a mí me da igual si los gases del pantano son venenosos y desquician a la gente, si resulta que el agua de los pozos que os bebéis os está intoxicando el cerebro o si alguien pone alucinógenos en la horchata de granadas esa que destila Mara y que os pimpláis como si no hubiera un mañana los viernes en la caseta de la asociación de vecinos... Yo hago la vista gorda ante las armas sin licencia como la que llevas, pero también intento que la Guardia Rural deje de esquivar este sitio y de darlo por perdido, irrecuperable o controlado por la mafia rusa o por una secta de lunáticos. ¿Tú quieres saber qué es lo que pasa en el pantano? No creo que te lo pueda decir nadie a ciencia cierta y en dos patadas, pero ya te he contado que tengo mucha experiencia con sitios como este y necesito que te hagas cargo de que únicamente atraen a desquiciadas como nosotras. Y fíjate que me incluyo sin pensarlo dos veces.

Yo me siento cada vez más incómoda y se lo tengo que decir.

—Oye..., te agradezco tu ayuda, y que me pongas al corriente de lo que se cuece por estos parajes, pero lo cierto es que todo esto que me cuentas resulta bastante más que inquietante, y cualquier cosa menos tranquilizador.

—Lo sé, y créeme que lo siento, pero mi trabajo no es hacer que estés tranquila, mi trabajo es que te encuentres a salvo; y para ello necesito que no salgas de tu finca durante las próximas noches si no es realmente imprescindible. Y que me informes de todo cuanto veas que te parezca raro o que creas que entrañe peligro. —Y apaga el motor y las luces del coche para encender las del habitáculo interior.

Saca un bolígrafo de la guantera y una tarjeta de la empresa de seguridad. Escribe en el reverso su teléfono, su contacto por radio y un simple «Ali» por todo nombre.

—Gracias de nuevo. Lo tendré en cuenta.

Ella asiente y ahora es cuando tendríamos que despedirnos, pero va a ser que no.

—Lo cierto es que yo cuando decía que aquí pasa algo me refería a cosas mucho más raras —suelto.

Algo se le enciende dentro, porque levanta una ceja y vuelve un hombro en mi dirección, como si acabara de caer en la cuenta de que sé más de lo que aparento.

Y yo voy y desembucho.

—El veterinario pretende que informe a la Guardia Rural de que estamos sobre un fusil de clatratos que... —Me doy cuenta de que eso es terminología muy técnica—. Sobre una bolsa de gas natural, una muy grande, de las que estallan. Un yacimiento de metano procedente de las capas profundas de la Tierra capaz de convertir el pantano en un cráter, o así. Piensa que la tormenta del otro día no fue más que un burbujeo bajo el aparato eléctrico, y que cuando ascienda a la atmósfera la madre de todas las burbujas saltaremos todos por los...

De llevar la mirada al techo del coche para rememorar y sintetizar los datos paso a enfocar los ojos grises de Alicia y los veo cansados y aburridos. Está claro que ya ha escuchado al veterinario. Apuesto a que varias veces.

—Vale —corto pero sigo—. Luego está el ruso ese de las larvas, que no para de insistir por radio en que lo que hay en el subsuelo son unas criaturas que viven en el manto terrestre y que son ellas las que planean destruir este sitio, que no es más que uno de los agujeros por los que supura el planeta, es decir, un lugar maldito que...

—Sí, esa chaladura también me la sé —me interrumpe, ya sonriendo—. ¿Y quieres que investigue algo así? A ver, el tal Serguéi tiene mucho peligro, pero con esas no puedo ir a por él. Existe la libertad de culto y eso.

—Ese tío está llenando las fincas de una especie de espantapájaros vudú y no deja de sobrevolar las casas como la mía con unos drones que parecen bastante caros.

—Eso también me consta. Y lo grave es cuando se pone a celebrar misas demenciales en una especie de palafito, una casa medio flotante que se pudre en el centro de las marismas, de esas que se levantan con cuatro vigas estacadas bien hondo en el fango; y sí, hacia allí has visto acudir remando al padre de Mara. Y no es el único. Cada vez que arma uno de sus tinglados para-anormales hay varios vecinos que le siguen el rollo, que lo arropan y lo rodean en todo momento, que se concentran con él allí, se reúnen en ese sitio y no sé bien qué rayos hacen porque no puedo patrullar la zona. Solo conseguí acercarme una vez, en agosto, con el pantano reseco y la marea muy baja. Creo que, más que un chanchullo o un fumadero de hierba, se han montado una especie de iglesia allí. Pero eso no tiene nada de ilegal, hasta donde sé. Este es un país libre y todo eso. Lo más que te puedo decir sobre Serguéi es que la mayor parte de las cosas que investigo podrían centralizarse o conectarse con él, pero también que hasta la fecha siempre ha intentado estar a bien con el vecindario, conque si ves que insiste en sobrevolar tu finca con su cuadricóptero, usa la escopeta.

Qué consejo más terrible viniendo de una mujer de uniforme. Pero no la voy a juzgar, solo le pregunto:

—¿Y qué hago con ese siluro más grande que yo que pulula por la acequia?

—Oh, ojalá fuera solo uno —dice riéndose—. No sé, es un pez; dispárale también, Claudia, no te cortes. Déjate una fortuna en munición y ponte perdida de barro. No servirá de mucho, pero es el deporte local, dicen que libera la mente y eso.

Suspiro.

—Otra vez me siento terriblemente estúpida —confieso.

—No lo hagas ni por un momento, que lo que te pasa es normal. Eres una mujer que está asustada y sola en medio de un sitio sin gente ni luces ni mucha ciencia o sentido común. Aquí el vecindario se aburre, pero, sí, pasan cosas. Cosas que me dan de comer a mí, hazte una idea. Tú intenta distinguir las que son importantes de las que no y mantente en contacto. Te repito que mi trabajo no es tranquilizarte, que yo no soy el perro guardián de nadie, pero sí soy la mejor en mi trabajo y te aseguro que me ocuparé de que no te pase nada hasta donde buenamente pueda.

—Vale. Gracias de nuevo. Me encerraré en la casa cada vez que se ponga el sol. Ya veo que aquí hay mucho lío.

Abro la puerta del coche y me dispongo a despedirme cuando es ella la que decide desembuchar.

—En realidad, Claudia, el asunto que más me preocupa, puestos a despachar contigo en confianza, es el de la muerte del bueno de Fermín.

Abro los ojos como platos y me decido.

Ya casi lo había hecho, supongo que mi idea era enseñárselo en otro momento, en vez de mentarle la bicha a horas intempestivas, pero ha sido ella quien ha sacado el tema aquí y ahora, conque le enseño la foto que hice en la cabaña de los aperos con la luz negra. Ella la mira y enseguida se le apesadumbra algo en la mirada.

—Luminol, ¿no? —dice al tenderme de vuelta el teléfono con un gesto cansado—. Buen trabajo, detective.

—Escribieron algo con su sangre —añado apuntando con el dedo.

—Lo sé. Fui yo quien llamó para que levantaran el cadáver. Vi cómo escribían sus mierdas, no pude impedir que vandalizaran la escena. Se pusieron como locos a bramar cosas en ruso y… En fin, sus chaladuras. Un vecino, uno de los hombres de Serguéi, el más zumbado de todos, escuchó el disparo a deshora y acudió a ver qué había pasado. Descubrió el pastel y armó un alboroto tremendo por radio, haciendo que se personara media huerta en Finca Elisa. Le di enseguida un telefonazo al 112.

—¿Y no se investigó la muerte?

—Fue un suicidio y punto. Cuando llegué, el cuerpo todavía estaba caliente, pero los de Serguéi aún no se habían puesto a jugar con la sangre. Había una nota de suicidio terrible en la encimera de tu cocina y todas las huellas del arma eran de Fermín.

—Ya veo.

—Tengo entendido que hay un montón de cosas suyas ahí dentro —dice señalando mi casa con la cabeza—. ¿Puedes echarles un vistazo, por favor? No consigo entender cómo se pudo trastornar así alguien como Fermín. Me aturde que consiguieran comerle tanto el coco, por mucho que sea eso a lo que se dedican cuando se ponen en plan sectario.

Y ahora sí, tengo miedo.

Así que me despido lo mejor que puedo y me meto en casa, cierro puertas y ventanas, me quito el camisón y me sepulto en la cama. Y ya no puedo evitar preguntarme si no será algo horrible lo que hay tras cada puto ruido del marjal.

Alicia Ordóñez me ha puesto sobre aviso de mil cosas y me ha dejado sin buena parte de la paz mental que tanto me había costado reunir. Pero me doy cuenta de que no lo ha hecho por torpe o por desconsideración, sino por precaución.

Llega el segundo turno de la noche y el pantano me parece un sitio horrible en el que se hace imposible dormir sola.

Día treinta y nueve

En el que pienso en conducir hasta Siberia

Ya llevo varios días tratando de serenarme, y nada. Es evidente que este sitio me sigue desquiciando, así que esta vez no toca poner el coche en marcha cinco minutos y ya; hoy no se trata de mantener viva la batería, sino de que me lo tengo que llevar bien lejos, sacarlo a paseo, conseguir que corra y que mee. Pienso escaparme un momento del marjal, salir del pantano, alejarme de los gatos y de toda la locura que bulle alrededor de Finca Elisa. Y que me dé bien el aire.

Así que conduciré hasta el supermercado menos próximo para hacer cuatro compras de cosas que necesito y que no me puede proveer la vida aquí.

Y es que mi ropa de urbanícola, a base de sudar al sol, de tanto pelear con el barro... se está descomponiendo. Se me desintegran hasta los vaqueros y las zapatillas que creía más resistentes. Voy a tener que vestirme de marine para aguantar en el campo, pero tampoco puedo pagar mucho ni quiero verme hecha un adefesio o parecerme a algún dictador; necesito prendas de trabajo, recias, funcionales. Profesionales pero de chica, que eso apenas existe, pero lo tendré que inventar para la ocasión; he visto unos monos a prueba de bombas que no son caros y parecen cómodos. Y quiero mirar dentífricos, tampones, insecticidas, jabón que lo sea, placas de chapa corrugada para reparar el techo de la casa, un collar para desparasitar a los gatetes, alguna crema para las manchas de la piel que me están saliendo por culpa de la intemperie y la radiación... Muchas cosas. No sé si el día me va a dar para tanto.

Acabo de cobrar mi ridículo sueldo de profesora a minúscula jornada y solo lo necesito para esto, para las cosas que requieren ir a la ciudad porque las que tienes que probar a conciencia o porque online no se aprecian bien o porque los de la mensajería postal no las entregan en las taquillas del pueblo de al lado para que Mara te las recoja con el Maramóvil.

En parte me ilusiona la idea, ya que me permite ponerme al fin un vestido bonito y hasta pintarme los labios, pero sobre todo porque son cosas que me hacen buena falta, que solo compraré a gusto tras estudiarlas bien, tras olerlas y palparlas, que ya me toca quemar un poco de gasolina y así mantener un pie en la civilización de la juerga constante.

O eso me digo al darle un manguerazo al pequeño utilitario coreano que me trajo a la alquería, para luego enfilarme con él, ya no al pueblo más cercano, sino al que se encuentra en dirección opuesta; a la competencia. Que está más lejos, pero es más grande. Un inmenso complejo comercial de esos que comparten entre ocho pueblos, sito en tierra de nadie. Las cosas de la España rural en proceso de despoblarse del todo. Ahí me voy de compras.

Aunque lo que más me interesa estudiar al natural es justo el género que ya no necesito comprar, como el calibre de los pimientos verdes que consume el público. Eso me dirá si tengo algo que vender en abastos o no. Necesito conocer mundo, pero no como siempre sino como nunca. Fijarme en lo que nadie observa, en el color exacto de la fruta comercial, en qué es lo que prefiere comer la gente pudiente. En todas esas cosas en las que antes nunca habría reparado, como el precio del aguacate del terreno.

Dejo que el motor se ponga a tono mientras me peleo con el GPS del teléfono ya colocado en el soporte del coche. Miro los mapas de la zona, encuadro mi finca y me fijo en el camino que sale de ella hacia la avenida que me trajo, pero para cogerla más adelante, para alejarme todavía más de Madrid. Voy estudiando las fincas que me esperan si bajo hacia el mar y me adentro, si no me engañan los planos cenitales del satélite, en las marismas. Paso varias pantallas, hago *scroll* por todo el itinerario que me dispongo a hacer al volante.

Y entonces la aplicación esa que uso para las redes sociales de los radioaficionados se pone a cruzar datos con la que lleva los mapas y me coloca las fotos de la gente de la Comunidad de Regantes sobre el plano de sus fincas. Qué de cosas hace tu móvil cuando tu vida no ejerce.

Veo el avatar de Mara sobre su villa tan cuca y la cara de ogro del veterinario en el sumidero central de su latifundio, frente a la caseta de la asociación de vecinos; luego observo una foto de Olesaurio tan vetusta como que en ella sale sin canas, y para colmo me aparece junto a la alberca de su barraca montado en un diplodocus; de pronto ya sé dónde vive el bueno de Olegario, a solo dos cauces de esta columna de riego, en una parcela doble.

También acabo de geolocalizar la finca del Brujo de Larvas. El ruso loco, que menudo monigote monstruoso tiene en su perfil; su avatar no se sabe si es un gusano, un siluro o un calamar. Espera. ¿No es el bicho ese del libro de Fermín? A saber. Pulso encima y me manda al muro de una red social de las más primitivas, pero en el perfil del tal Serguéi todo está escrito en cirílico y hay mucha fantasmada ocultista. Será cosa de ir a espiarlo.

Con todo, tras dejar en el asiento del copiloto los prismáticos de Fermín y su brújula en el salpicadero, pongo primera y le pido al teléfono que me lleve de paseo, parando en varios puntos de interés, y así flanqueo la depuradora de aguas, paso junto a la alberca comunal, luego bordeo la finca de Olegario y dejo atrás los carteles que señalan el camino hacia las barracas del apicultor, al que sigo vigilando, que un día de estos me tengo que hacer con un buen tarro de miel de mil flores del pantano (aparte, es que sale terriblemente guapo en su Instagram, todo sea dicho). El coche se va desperezando y yo con él, que ya ni me acordaba de lo que era conducir. Me maravillo de la plétora de callos que me han salido en las manos tras apenas un mes de palizas con los aperos agrícolas; también de lo maja que estoy desde que he empezado a ganar peso, peso que es todo masa muscular en vez de grasa, hueso, nervio y pellejo. En el retrovisor, pese a que me he arreglado un poquito, me veo un tanto avejentada y maltratada por el sol, pero más sana que nunca, con una chispa que ni me conocía, sin rastro de mis ojeras de muerto viviente y con unas arrugas de expresión que tampoco es que sean nuevas, sino de las que me salen al broncearme la cara. Y es que el espejo del baño engaña mucho porque es de antes de la guerra, opaco picado y deslustra. En cambio, si me estudio en el del coche, donde me solía mirar antes al ir a trabajar y luego al volver a casa derrotada del trabajo, me digo que nunca, jamás de los jamases, me había visto así. Soy yo, pero otra yo. Con el pelo pidiendo peluquero y la piel un recambio, tan adefesio como siempre pero radiante como nunca.

Llego a las inmediaciones de la inmensa propiedad del locutor desquiciado: SERGUÉI KUZNETSOVA, reza su buzón. Pongo la segunda marcha y preparo los prismáticos para observar lo que hay tras la valla de la finca del Brujo de Larvas, y por poco la lío. Por lo duro que se me hace no poder cotillear como me gustaría sin acabar hundiendo el coche en la acequia que hay al otro lado del camino. Que yo no soy la guarda del pantano, no me conozco el terreno y voy en un utilitario urbano.

Pongo música de Dido en el MP3 del coche y trato de centrarme y relajarme, pero esto no es la mecedora, es como volver a la civilización. Me digo que bien podría volverme a Madrid ahora, y la mera idea se me antoja tan desquiciada como si me dijeran de conducir hasta Siberia.

Me aterra la posibilidad de que el mundo asfaltado me vuelva a masticar y a escupir de mala manera, pero más espantosa es la idea de que me coja otro brote terrible de dolor como el del otro día. Y siempre que pienso en eso de pronto todo se me hace irrelevante, el miedo pasa y decido que cuando me mate pues reventaré, y me digo que donde me suele sorprender mi enfermedad es en mi rincón más feliz, y no cuando salgo a por tíquets de la compra.

Y al Carrefour que me iré, pero no sin antes dar otra vuelta alrededor de la finca del Brujo de Larvas.

Es inconfundible. La corona un tejado a dos aguas del que brota muy fálica la antena de su emisora. Una bandera de la Unión Soviética le decora el mástil. Todo es inmenso: la antena, la bandera, el rojo de la bandera, el mástil, la finca, la tontería que tiene este desquiciado, la influencia que ejerce entre los demás propietarios..., gente muy humilde y tranquila. Que o le respetan la palabrería o se apartan a su paso por lo zumbado que está.

Tiene, en la era principal de su propiedad, cuatro o cinco estacas en las que ha empalado unos espantapájaros como el que había en mi finca, con pelucas estridentes, cráneos de animales y ropa de crío. Gran obra si se aspira a ilustrar un cuento de brujas, ya solo me queda que me expliquen lo de las larvas.

En punto muerto, espío su porche, a escasos metros del aparcamiento de la entrada donde se pudre su vetusto todocamino, y me da que lo que reposa encima de la mesa es el dron que tengo fichado, y que parece ir a juego con el *pad* de control que lo maneja.

Así que este es el «artista de lo salvaje» que siembra el pantano con sus muñecos diabólicos, el que lo sobrevuela con sus drones y nos machaca con sus discursitos por radio. El zumbado más chungo del territorio, el delegado del crimen organizado postsoviético. En mi finca está Mao soltando sus cagaditas y en todo lo ancho y extenso del pantano está Serguéi, haciendo otro tanto.

En fin. Dejo su verja atrás y tiro hacia el asfalto. No tardaré en salir a una carretera comarcal y de ahí al complejo comercial. De tanto en tanto le echo un vistazo a la brújula y lo cierto es que parece apuntar en direcciones distintas cada vez que lo hago. No entiendo qué clase de brujería tiene dentro o qué puede averiar de ese modo un simple imán. Como esto siga así voy a terminar recorriendo el pantano con un contador Geiger en la mano.

Recuerdo lo que dijo Alicia sobre distinguir entre las cosas que importan y las que no, y trato de centrar mis pensamientos en lo que me espera dentro de un rato.

Antes me encantaba ir de compras. Me calmaba y me daba paz. Ahora me produce ansiedad. Repaso cifras, precios e importes. No me puedo pasar con los gastos, es duro ser pobre, pero me tendría que llegar para todo. Pararé en la gasolinera a comprar una bombona de butano para la cocina y leña para el horno por si al final viene el frío. También echaré unos pocos litros de más en el depósito, no se me vaya a estropear el carburante del coche. Luego, ya es un cuarto de hora hasta la civilización.

Pero primero salgamos del pantano, y para ello nada como una visita a la tienda del apicultor. Que me pone.

He estado mirando su Instagram y es sugerente a más no poder; el tío va de nudista, o será postureo, yo qué sé. El caso es que él le echa la culpa al calor y se retrata trasteando sus colmenas en pelota picada y, claro, luego tiene que escoger fotos aptas para las redes sociales. ¿Pues no va y las censura poniéndose entre las piernas el logotipo de su negocio? Y al loro con el reclamo comercial: «Solo yo y mis abejas del pantano. Sin herbicidas. Sin pesticidas. Sin overol ni guantes ni salacot. Sin ropa. Sin picaduras. Todo real y natural».

Aunque para mí que toda esa depilación es por láser. Y no sé cómo hará para garantizar la química ecológica en esta huerta tan tramposa, me extrañaría que sus vecinos no usaran fitosanitarios. Me da que es el apicultor más ladino del mundo, pero eh.... Que me venda miel.

Que falta me hace.

Lo mismo que alegrarme la vista.

No tendrá los treinta aún, pero sí buena planta por ser rural, que no por el gimnasio. Y su propio negocio, consistente en convertir en azúcar el cenagal. Curioso plan. Más que miel de mil flores, miel de un centenar de flores del culo, jalea de estiércol... Porque lo mismo son suyas las tristes obreras que me rondan las tomateras de tanto en tanto, y yo ahí abono con caca de ganso de Mara y luego riego con agua negra de la acequia mayor. Pobres abejas, en pleno murmullo a estas alturas del año... Las veo más perdidas que yo, con esto de que el cambio climático me ponga a florar los cultivos cuando en estos meses ya deberían andar a otra cosa. Olegario siempre dice que la huerta «va cada día más cachonda».

Con todo, yo diría que no me interesa el *sex-appeal* del muchacho, hasta que caigo en la cuenta de que hace dos semanas que no veo a un tío bien proporcionado más que en mis pesadillas. Y ojo, que en mis pesadillas tienen escamas. También sucede que llevo un mes sin azúcar, y es muy duro fumar marihuana sin tener nada dulce que meterse en el cuerpo, así que, aunque solo sea para dar color a mi repertorio de infusiones, tengo que comprarle un tarro de miel a este mendrugo. Sucedáneo del sexo el dulce.

Espero poder pagarlo, porque en el reverso del folleto que cogí de la caseta de la Comunidad de Regantes había garabateado a boli algo como que hacía un precio especial para los vecinos; y más me vale, pues poco a poco voy tomando conciencia de lo apurado de mi estatus económico a partir de ahora. Y de la miseria que me espera como pierda mi empleo en el campus virtual.

Aparte, y sobre todo si aspiro algún día de estos a vender género, hay cosas que me harían buen papel ahora mismo, y una de ellas sería un zote como él, con su negocio propio, diez fanegadas, cinco mil seguidoras en Instagram, un pelazo de color miel recortado a navaja, dos ojazos de avellana, un portal de apicultor petado de comentarios, seis abdominales y un bulto bajo el logo capaz de hacer que vengan zumbando enjambres de clientas.

Mariano, tu apicultor. Un partidazo de garrulo del pantano, si no fuera tan gilipollas. Qué tiarrón, qué monumento al retraso mental.

Porque lo suyo tiene peligro.

—Hola, soy Claudia —digo en cuanto me abre, muy apurada al verme sonriendo tontaina perdida a un tío que tiene como diez palos menos que yo.

O sea, ando floja con este crío.

—Hola. ¿Eres follower o cliente? —me espeta.

Y suena a funcionario de lo suyo, como si me hubiera preguntado algo en plan: «¿Vienes de la ciudad o de la red?».

Pero del pantano, ni de coña.

A ver cómo se lo digo.

—Eeeeh... Yo solo quería comprar miel. —Y no me atrevo a explicarle que lo conozco por la caseta de los regantes, o de la emisora de la huerta, o algo así. Para qué.

—Sígueme —me suelta.

Y me da el culo. Redondo como su negocio. Menos mal que me ha recibido en chándal.

Me lleva al interior de su villa, de su finca, de sus colmenares, de las profundidades de su tinglado. Porque tiene un panal de rica miel, con embaldosados bien encerados. Y una mesa, también hexagonal, con seis datáfonos en la que expone los botes de cruda en seis formatos: de doscientos cincuenta gramos en adelante.

Hace caja de su personaje. Me mira, me atiende y van a ser seis por seis, treinta y seis; también recita algunas ofertas y que soporta Bizum. Tiene una voz más dulce aún al natural, pero duele escucharlo, porque le planteas cualquier problema amargo y te contesta chorradas de gran calibre.

—No te preocupes, te cambio las velas del *pack* por una tarrina de jalea. Todo en esta vida tiene solución, menos la calvicie y el Real Madrid.

Y a la salida te hace ver cómo alimenta enjambres enteros arrojando cristal de glucosa a los zulos en los que atrapa a las obreras. Te lo imaginas por un momento zumbándose a la reina. A la del país. O a la de tu finca, esto es, mi menda lerenda, encima de los tártanos. Con todos los bichos sueltos por doquier.

Lo mismo sales medio fumigada de su picadero, y bien

cargada de la miel de mierda que hace el muy patán, con una bolsa de plástico reciclable que luce el logo de su negocio, bien gordo y en medio. Tiene, a modo de sala de espera, para cuando hay muchos clientes, un espacio con sofá, *subwoofer* y vaporizador Volcano, a juego con unos cojines en los que apalancarse a catar sus encantos; es la zona *chill*, con sus consabidos pufs de poliestireno a juego. Tú te lo comerías en uno de esos, de mediar suficiente confianza; pero sales por piernas porque, al rato, el ambiente se vuelve de repente demasiado directo y grotesco y sórdido, se te arranca el sexto sentido a bramar, todo te invita a ponerte a la defensiva. De pronto ya no sabrías decir si la gente va a su finca a por miel o qué.

O a lo que tú, a comprarse el bote gordo y sentirse intimidada por lo obsceno de la oferta. Así que eso haces. Sales del tinglado del apicultor acalorada y abochornada, directa al hipermercado más gris del mundo gris, por no pintarlo todo del color de tu flujo y ponerlo perdido.

Y luego se preguntará por qué está ganando dinero desde que empezó a mostrarse en internet. El muy espabilado. En fin. Con estas cosas no puedes competir, Claudia.

Intenta centrarte en tus asuntos, hay atasco a la entrada del Carrefour.

—Alexa, pon música de Christina Rosenvigne —dices al teléfono, que te controla el audio del coche.

Y te haces cargo de que a ratos tú no controlas nada.

Te entra una notificación en medio del atasco y es para

que valores el negocio del apicultor. El malhumor te crispa las manos y te hace descubrir que los callos de la azada, ahora que ya casi nunca te sangran, no encajan bien con el volante cuando lo aprietas fuerte.

Noche cuarenta

En la que me acuesto tarde, haciendo un macetero de macramé…

...y me despierto sonámbula, en el porche, también haciendo macramé.

Una soga, eso es lo que tengo entre las manos. Un nudo corredizo de los de ahorcarse. No sabría explicar cómo se hacen exactamente ni recuerdo haber aprendido nunca o haberme fijado en ellos, pero tienen su aquel. Y lo habré hecho en sueños, pero me ha salido perfecto.

El susto me ha provocado una crisis de ansiedad que me ha mandado a vomitar, y ya no he podido volver a dormirme.

Pensando en si a Fermín le pasó algo parecido y...

Día cuarenta y dos

En el que se explica el asilo de almas y se persigue el will-o'-the-wisp, *o a tu padre*

Esta vez hay una infusión en mi lado de la mesa y su licor en el otro. Me ha costado convencer a Mara de que no puedo beber tanto, pero al final he conseguido que dejemos lo de mi pelotazo en un chupito y medio porro.

—Tocar, ya casi tocas bien —concede, al fin, tras escuchar mi nuevo temazo—, pero lo cierto es que esa bandurria suena putapénica. ¿Por qué te obstinas en practicar?

Amaga un eructo y aparta a Mao de un manotazo otra vez. Yo me encojo de hombros y al final confieso, como hago siempre que estamos de cháchara de chochos en mi porche.

—Me lo prescribió la psiquiatra. Se supone que es terapéutico, y lo único artístico que sé hacer. Mi padre me enseñó a tocarlo, pero mi exmarido lo detestaba… Supongo que el cavaquinho también es un símbolo de cuando hacía lo que me decían porque patata. Ahora hago lo que me parece a mí, sea buena idea o una patata. Y las patatas las siembro en cuatro meses ya. ¿No se plantan por marzo?

—Ni puta idea. La hortelana eres tú. Yo solo traduzco lenguas eslavas.

—¿Y todas esas flores de tu villa?

Ella levanta las cejas, arquea el cuello y sacude la papada con el gesto del que señala algo muy curioso.

—Oh, a mí las plantas me dejan vivir. Yo solo las riego.

—Anda ya.

—En serio, van solitas —insiste—. ¿Quieres que te regale alguna? Son prácticamente flora autóctona.

Luego resuella un poco y afloja hasta recoger cable:

—Bueno, puede que mi padre les haga algún truco a veces, cuando no está, literalmente, en la parra; pero eso es todo, y apuesto a que es bien poco.

—¿Y no se te van muriendo?

—Pues de cuando en cuando se pocha alguna y casi que me da igual, porque a la mayoría me toca pegarles un tijeretazo por primavera para que no se apoderen del espacio, y lo hago con tan mal criterio que más de una me habré cargado ya. Pero ni se nota. Tengo demasiada cosa ornamental plantada, supongo.

—Pues sí que debió de montarlo bien tu padre.

—Lo sé, tengo suerte. Pero es lo que tiene el puto pantano, tanta agua podrida y tanto sustrato fértil son garantía de éxito hasta para una novata como tú —remata señalando al frente de una cabezada—, que ya casi tienes el limonero más precioso que he visto en toda la huerta.

—Y ni idea de qué hacer con él, porque ya no me puedo meter más limonadas en el estómago.

—Pues tendré que conseguir tequila. En cuanto termine de traducir el tostón con el que ando nos montamos otra cháchara en mi casa, tú te traes media cosecha de limones y verás lo rápido que la despachamos en una tarde y con un salero. Dame un mes.

—¿Trabajas mucho ahora mismo?

—En realidad no, pero sí soy rehén de los plazos de entrega —contesta con pesar mientras se lía otro canuto—. En cualquier caso, vivo mucho mejor ahora que en mis tiempos de urbanita. Me he quitado mucha presión de encima, no te imaginas cuánta.

—Pero si yo he vuelto a nacer —contesto negando con la cabeza y con una sonrisa de suficiencia.

Ella asiente y suspira antes de arrancarse a decir:

—¿Sabes? Este sitio es... убежище душ. Un «asilo de almas», como dice el Brujo de Larvas. Oh, sí, a ratos le aguanto hasta alguna misa. Quizá porque también tiene sus ocurrencias y sus filosofadas. A ver, hay muchos lugares como este en el mundo, desde siempre; agujeros a los que nos marchamos los juguetes rotos del sistema para vivir una vida de mierda en vez de matarnos compitiendo con los demás. En los tiempos de la Unión Soviética te mandaban a un gulag o a una dacha para apartarte del Partido o de la sociedad. En los de hoy, ya recoges tú tu propia basura existencial; están los retiros en pueblos de mierda y está esto, que viene a ser algo así como la nada más absoluta, la del eremita asqueado. Seguro que tu exmarido no te buscaría por aquí.

Llevo la mirada al centro de la acequia, donde una garza intenta pescar gambusias ante la mirada hostil de mi ejército de gatos.

—¿Ese desgraciado? Apuesto a que, hoy por hoy, no me buscaría ni en internet. Ya hace tiempo que ni mira mis historias de Instagram. No sé... Yo no he venido huyendo de alguien, sino intentando escapar de algo.

—Es todo lo mismo. Yo, en honor a la verdad, y aunque me arrepiento de no haberlo hecho antes, me instalé en este sitio más contra mi voluntad que por decisión propia.

—Me imagino que cuidar de tu padre no será plato de gusto —digo, y arrugo el morro mientras hago cábalas.

—Lo que no es plato de gusto es ver, año tras año, cómo tu plan de vida va fracasando y hundiéndose. Despacito.

La miro con detenimiento y me quedo inmóvil y en silencio, dejo que se tome su tiempo. Empiezo a conocerla y sé cuándo intenta sacarse algo de dentro.

—Te vas a vivir a un piso compartido —dice al fin—, cerca del centro de Valencia, al poco de terminar el máster te sale trabajo como para pagar dos veces al casero; y todo es muy bonito. Eres joven, tienes una carrera prometedora, algo de sobrepeso pero nada de qué preocuparte... Pasan un par de años y tu caché va subiendo y cada vez te encargan textos más importantes, conque dejas de viajar para traducir eventos y congresos y así llevar una vida más estable delante de los diccionarios y del procesador de textos, que los bolos son para los novatos. Un día tu compi de piso se marcha a vivir con su novio y tú te quedas sola frente a un alquiler de precio rampante, al que decides enfrentarte en solitario, visto que los chicos te rechazan por sistema desde que trabajas demasiado y la ansiedad y la vida sedentaria te están instalando en una obesidad cada vez más mórbida.

Apura una calada atroz y tuerce el gesto al exhalar una vaharada interminablemente larga y espesa, se sacude un mechón de pelo rosa a un lado con mala uva y luego hace otro tanto con uno de mis gatetes que no para de rondarla. Se pone cada vez más seria y amarga, va levantando la voz y la furia al hablar.

—Te dices que ya resolverás lo de tu metabolismo y lo de tu dieta mientras sigues y sigues apilando compromisos editoriales sin mucho criterio ni orden, solo atendiendo al dinero, hasta quedarte sin vida social. Empiezas a ahorrar para comprarte un piso y así escapar del lastre del alquiler y, cuando consigues juntar pasta para pagar una entrada ramplona, ya pasas de los treinta y hay chavalas novatas en tu gremio que cobran mucho menos por hacer cosas muy dignas. Te dices que ya resolverás también eso, pero el precio del alquiler no para de subir, el de tu cesta de la compra todavía más, la cuota de autónomos se te hace cuesta arriba y tus ingresos empiezan a menguar despacito. Para cuando llevas ya dos años viendo que las matemáticas te están ganando la partida y que no vas a pillar cacho con ningún tío normal, ni a conseguir reunir a tus amigas de toda la vida, ni a poder llevar una vida decente jamás, te preguntas si no será mejor cambiar de vida antes de que te obligue a hacerlo algún software de traducción automática.

Y, sin querer, destroza el cigarro de marihuana contra el cenicero.

—Pero tampoco te enciendas —la animo con mi tono más dulce—, que tú misma has empezado diciendo que al final ha sido para bien.

—Dentro del mal, Claudia. Dentro del puto mal —contesta un poco más tranquila, tratando de recomponer el canuto—. Por mucho que me haya salido bien la jugada, tuve que tragarme mi gigantesco orgullo y aceptar que mi proyecto de vida era inviable, que mi sitio está aquí, al lado de los que, como yo, acaban siendo escupidos por la ciudad. Perdón.

—Oh, no te preocupes —digo, y punteo en el cavaquinho algo que quiere sonar melancólico—. Yo sí lo tengo muy asumido. Sé que soy un desastre, pero con haberme ido quitando de encima mis impulsos autodestructivos me basta.

—¿Ves? Yo eso lo tengo de asignatura pendiente. También vine aquí para ver si así dejaba de comer como una cerda, pero me temo que ya es un poco tarde para mí.

—Luego te llevas para hacerte cuatro ensaladas y un par

de menestras. ¿No son las hortalizas lo que más comen en los asilos? Pues adjudicado.

Niega con la cabeza y nos reímos.

—En fin —sigue diciendo—, aquí me ahorro el alquiler y los precios de la ciudad, y eso me permite sobrevivir en estos tiempos en que las traducciones se pagan en criptodivisa, o se encargan a una inteligencia artificial y al filólogo no le pagan más que la corrección. Es todo bastante triste, así que no me veo haciendo dieta. Necesito darle alegrías al cuerpo, que yo no puedo optar por tirarle los tejos al apicultor.

—Ese zumbado no creo que se fije en mí jamás.

—Ni en ti ni en nadie. No se sabe si es que es gay, si es que se tira a todas las clientas menos a las del pantano o si es que solo se lo hace con las abejas.

—El Brujo de Larvas ese, en cambio, parece obsesionado conmigo, a juzgar por la de veces que practico el tiro al dron al final de la semana. Oye..., ¿y por qué se llama Brujo de Larvas?

—Pues porque disfruta llamando «larvas» a la cohorte de idiotas que lo siguen a todas partes como si fuera el Mesías. Si te fijas, verás que son los más desgraciados del humedal, a saber qué les habrá prometido o cómo los habrá engatusado, porque son presas fáciles. También sucede que cría larvas de no sé qué mosca necrófaga, el muy majaruzo... Cultiva a paletadas unos gusanos que comen carroña y luego los usa para pelar y pulir los cráneos de animales con los que hace sus espantafuegos, que son los tótems esos que pone para «mantener a raya las luces del pantano». O algo así, yo qué sé cómo traducir algo tan loco...

Y de pronto caigo.

—Claro, tú estarás bajando al barro a traducirle cada vez que se arranca a hablar en ruso.

—Oh, a veces ese dialecto de Viatka que habla hace que se me escapen muchas de sus chaladuras. Aparte de que sospecho que, para según qué cosas, se vale de un criptoidioma que no consigo identificar, pero me suena a una de esas jergas criminales de allá. ¿Te puedes creer que la llaman «la música de los ladrones» o algo así? Son como expresiones hechas, frases que en realidad funcionan como códigos en clave: te sueltan algo como «apártate de la semilla fría», y eso significa que dejes caer al suelo las armas que lleves. Y si no te enteras de lo que te piden es tu puto problema. A ver, una concede que eso funcione bien entre chungos, pero que te lo traigas a la huerta del levante peninsular...

—Estará senil, cosas del asilo de almas y eso —digo sonriendo.

Ella niega con la cabeza y no me sigue el rollo de distender la conversación, hace justo lo contrario.

—De un tiempo a esta parte anda siempre dando la turra con que hay que controlar como sea los fuegos fatuos, que se te pueden llevar a un agujero que conduce a otro mundo y que aparece entre las brumas de la marisma en las noches de luna y tormentas, y mil delirios así, y ya te digo que no sé si son fijaciones de alguna de las sectas que han ido floreciendo en su país, si serán más cosas en clave que dice por radio para que le traigan alucinógenos o si será todo por haber leído demasiadas magufadas. Pero, vale, tú tómatelo a guasa si eso. La verdad es que es una risa escucharlo en la emisora o en las reuniones de regantes, porque a veces parece que se cree todas sus neuras.

—Me da que mucha gente de la huerta también.

—Puede, pero si Fermín accedió a plantar uno de sus monigotes en este huerto en parte sería por lo pesado que se pone, pero yo no puedo evitar preguntarme si un día no hará una barbaridad de demente total. Aparte, el tío está bien conectado con gentuza de la Europa del Este y monta unos negocios sucios con mucho peligro a la que lo pierdes de vista un momento. Tú no te me mezcles con él, que es de lo peor que hay por aquí y me da que te la puede liar pardísima si se le cruza.

—¿A ti te ha dado algún problema serio?

—Yo es que lo esquivo muy tácticamente. Lo estudio con curiosidad científica, como dirías tú… —Se queda pensativa y con el gesto de estar haciendo memoria—. Lo cierto es que anduve investigando muchas de sus monsergas, por si eran supersticiones rusas de arraigo o no. Me lo miré por aquello de que me interesa profesionalmente casi todo lo que tenga que ver con la cultura general eslava, y resulta que en muchos otros vulgos va justo al revés: en el mundo anglosajón, el *will-o'-the-wisp* es un mito que dice que los fuegos fatuos son unas chispas irreales, imposibles de alcanzar, un símbolo de las aspiraciones que a menudo nos marcamos las personas, las cuales son todavía más inalcanzables que las luces de los muertos.

—Oooh.... Perseguimos fuegos fatuos en la ciudad —digo con sarcasmo.

—Fatuos. Eso es un sinónimo de «presumido», ¿no? —Se ríe un rato—. Qué irónico todo.

Arquea la espalda y hace rechinar el tocón en el que está sentada. Se pone solemne a mirar cómo el sol empieza a naranjear tras el juncal. Y suelta:

—Perdemos el culo yendo tras putos espejismos, relumbrones de vanidad y postureo, hasta fracasar miserablemente, para al fin acabar dando con nuestros huesos en el sitio donde bailan los fuegos fatuos. La vida nos manda sarcástica al asilo.

Asiento al cogerle el porro.

—Tienes alma de poeta —digo.

—Lo que tengo es que marcharme ya, antes de que anochezca. Ya sabes, no es bueno salir por aquí de noche. Lo mismo te me pones a perseguir fuegos fatuos.

—O a tu padre.

—O a mi padre.

Día cuarenta y cuatro

En el que se comen acelgas directamente del suelo y se rapea en valenciano

El olor a paella hecha a la leña es todo un reclamo para los lugareños. A mí me pierde, me pongo a salivar enseguida. Toca un momento de fiesta.

Oh, sí. Fiesta. La caseta de la Comunidad de Regantes está hasta la bandera, es un hervidero y yo ya llevo un rato *al dente*, entre las garrafas de tintorro que han traído de la cooperativa agrícola y la «degustación de variedades» de los destilados de Mara, que no sé yo, pero me saben todos tan igual que cada vez que ella se arranca a hablar de toques y matices me tengo que tragar las carcajadas. Y bueno, también sucede que me he fumado un cigarrillo de la risa que me ha sentado casi tan bien como volver a ponerme mi primer vestido de Desigual, que al fin he conseguido que me entre, gracias a la transformación que me ha obrado en el talle el mes y medio que llevo pasándolas canutas por el marjal.

No creo que luzca espléndida, pero me encuentro estupendamente. Y me siento bien erguida, sobre la tapa de una especie de contenedor de plástico que han situado estratégicamente para la basura entre la entrada de la caseta y el toldo bajo el que se prepara la paella. Soy la guinda del pastel de los desechos. Me las he ingeniado para colocarme en el epicentro de la zona de paso por la que discurre toda la gente de este sitio. Por fin un poco de juerga. Cuánta falta me hacía un momento tarambana. Ahora sí siento que estoy en mi elemento, con un pelotazo divertido y rodeada de extraños seres distendidos.

Y es que ya era hora de dejarme ver en sociedad, me he repetido al montarme en Apartagatos para venir a la fiesta. Porque hoy es el cumpleaños de no sé quién, me han presentado a tanta gente que ya no sé ni cómo me llamo yo. Para colmo, hablar cuesta un poco, porque han puesto a tronar un altavoz más alto que yo, con una música que a ratos parece un pasodoble de trombones y a ratos un aborto pegadizo sobre el que rapea en valenciano lo que creo entender que es un resabiado de extrema izquierda. Cosas del pantano, supongo.

Por lo demás, no tengo ni idea de quién será el padre del tal Juanlu, un chavalín de orejas voladoras que no para de taladrarme con todo lo que puede hacer su consola de mano. Se ve que se aburre mucho con ella, a juzgar por el interés que muestra en que haya venido gente nueva a comer paella en la caseta comunal de estas huertas. Luego hay una gata tuerta con el pelaje albinegro de una vaca frisona a la que tampoco consigo sacarme de encima y que creo que anda preocupadísima por el olor de mi vestido, que es obra de Mao, pues no ha perdido la ocasión de usarlo para hacer yoga cuando se lo ha encontrado recién planchado en la mesa del porche. Sin valerme de la luz negra, me da que se ha echado toda una siesta territorial sobre mi ropa mientras yo trataba de poner orden en mi pelo, que está más rubio y enredado que nunca desde que me tiro las mañanas al sol.

—... y no hace falta que lo persigas más allá del ramal de la parcela doce porque, si te fijas —me insiste Olegario, más que inquieto por mis sesiones de tiro al pez—, verás que arranca junto a un dique de riego que tiene malla de filtrado, y ya te digo yo que el siluro ese tan enorme no podrá pasar por ahí...

—Olegario, que los más grandes saltan mucho —lo interrumpe una señora arrugada como una pasa que creo que ya ha intentado explicarme siete veces que ella vino a la huerta por su jubilación, o algo así.

Una pena que la pobre ya lleve muchos años jubilada, y que haya bebido demasiado.

A quien no pierdo de vista ni un minuto es a Mara, que es mi guía, mi escolta, mi proveedor y el alma de la fiesta; y parece que ella sí está en su salsa con esto. Entre otras cosas porque es el apogeo de su vida social mensual, o algo así decía hace nada en una de esas confesiones que se pega conmigo de un tiempo a esta parte. Luego está su padre, siendo taladrado sin parar por el veterinario. Me pregunto cómo será escucharlos, porque el pobre padre de Mara más que atendiendo al veterinario parece aparcado junto a la paella, que pronto estará lista, y es de verduras. A los fogones hay media docena de minions comandados por el Gru de mi vecino, que es un señor al que ya he visto una docena de domingos al otro lado de mi acequia y que creo que solo quiere la alquería para hacer paellas. A ver si me lo puedo camelar un poco y me trae algún táper con las sobras un día de estos, porque huele que alimenta en cuanto se pone a cocinar. También me iría bien andar a buenas con él desde que a mis gatos les ha dado por cagarse en sus tierras, no sea que algún día quiera hacer algo con ellas que no sea una paella, o que decida reemplazar el conejo por gato Bajun... En esas que me pregunto si no seré como la mendiga de la huerta y enseguida me agobio, y nada como darle otro trago al tintorro de Vilafamés para despejar los malos rollos.

—¿Qué tal tus infusiones ahora? —me espeta de pronto el apicultor con su sonrisa de dos palmos tras plantarse delante de nosotros con alevosía y premeditación.

—Mucho mejor, gracias —digo con una sonrisa idiota—. Solo he probado la de mil flores y ya no es que me quede mucha.

—Pues vuelve cuando quieras —contesta, y asiente al tiempo que me barre de arriba abajo con una mirada muy descarada, ni que fuera una fotocopiadora—. Ya sabes dónde paro.

Y se lo lleva Alicia, la vigilante de seguridad, que ha venido de uniforme. Policial, pero con las mangas arremangadas y un botón del cuello abierto, que tampoco hace falta perderse el buen sol que hace hoy.

—Pues qué cortada de rollo con la rubia, que se nos ha llevado al rubio —suelta Mara, y escupe una brizna de hierba al exhalar el humo de su porro sin filtro ni boquilla.

—Sospecho que la guarda está aprovechando lo distendido de la situación —digo yo en un susurro ácido— para encubrir toda suerte de interrogatorios, porque fíjate bien, en cuanto termina con un propietario se pone a despachar con otro.

—Sí... O nos está encuestando o es que quiere saber cómo piensa cada uno de esto y aquello o dónde se mete en tal o cual momento. Qué tía más profesional, hostia puta. ¿Es que ni en un botellón-paellón se relaja? Y quédate con los brazacos que tiene la muy jodida.

—Sí, pero eso no es de darle al azadón. Eso son pesas.

Dejo de mirar los músculos de Alicia para ponerme a mirarle la espalda al apicultor y, aprovechando que nadie nos oye, Mara me arrea un codazo a medio carcajearse:

—Telofó.

—Oh, el chavalín de la miel. —Me río—. No está a mi alcance, me temo.

—Pero ¿tú has visto esto? ¡Si es un sembrado de nabos! —explota, riéndose con frenesí, al tiempo que hace un gesto con la mano en dirección al bullicio de regantes que se apiñan alrededor de fogones, paella y garrafas—. ¿A quién esperas que meta ficha el puto divo del postureo meloso?, ¿al veterinario? Apuesto a que tú eres lo único que encuentra zumbable de aquí a la Huerta Norte, y mira que tiene panales.

Y se levanta con mucha dificultad y bastante risoteo, no sé si por obra y gracia del alcohol, del sobrepeso o del extraño modelito de color rosa chicle en el que se ha embutido a presión. Deja la silla de hierro que hay a mi vera y se marcha derechita a la mesa donde están las bebidas, pero más que andando lo hace anadeando, y no sé decir si en ello influye un contoneo borde, cierto coqueteo bailongo al compás de la música, las chanclas sobre las que levita o la tremenda ventosidad que afloja a medio camino, sin el menor disimulo, tras lo cual se gira con una sonrisa canalla para mirarme por encima del hombro.

Vuelvo a reírme con ganas, pero entonces sucede una de esas cosas del marjal que alguien tan de asfalto como yo encuentra espeluznantes y muy capaces de cortarle la risa del asombro. Va uno de los agricultores más greñudos del tinglado, una especie de perroflauta politatuado con pantalón de pescador tailandés y chanclas del Primark a juego, caminando a paso ligero y tranquilo por el linde de la parcela de la asociación, trastabillando de un corro de gente a otro, cuando, sin apenas decelerar la marcha, se agacha un poco y estira el brazo hacia un plantel que hay a sus pies, para arramblar de un zarpazo con la hoja de una pobre acelga... y metérsela directamente en la boca, sin dejar de enfilar su rumbo hacia la acequia. Acto seguido, y en apariencia concentrado en seguir mascando lo que acaba de arrancar del suelo, se planta frente a los camalotes que brotan del cauce, se la saca y se pone a mear.

Aprovechando que se me acerca la segurata, ahora que me toca a mí despachar con ella, me vuelvo y la miro con los ojos como platos y una sonrisa que tiene que parecer entre pasmada, divertida y furiosa.

—¿Tú has visto a ese, lo que acaba de hacer? ¿Pues no se ha puesto a comer del sembrado de ahí como si fuera un rumiante y luego a orinar en el reguero lo mismo que en una letrina?

Ella se ríe, niega con la cabeza al mirarlo y luego asiente cuando se gira para decirme:

—Si con esta clase de cosas no te vuelves a Madrid sin pasar por la casilla de salida y sin cobrar los veinte mil dólares, es que ya te puedo considerar bien integrada.

Le lanzo una mirada que se afila y luego echo un vistazo a derecha e izquierda para cerciorarme de que nadie nos escucha y están todos atentos a las batallitas que cuenta el Brujo de Larvas en una esquina y a las del maestro paellero en la otra.

—Yo ya soy más de aquí que el légamo, Alicia —digo—. Hoy me han presentado a todo el mundo, y ayer terminé de poner en orden las cosas de Fermín, incluidas sus deudas con la Comunidad de Regantes.

Ella asiente con interés. Me da que acaba de oler la sangre, porque nuestra anterior conversación se terminó justo cuando me pidió que echara un vistazo a las cosas de Fermín.

—El caso es que durante la tormenta del otro día temí que se me desplomara el techo encima —continúo—. Por suerte, todo lo que se cayó cuando Finca Elisa fue violada por media docena de rayos interestelares fue el cuadro que tengo sobre la chimenea, una naturaleza muerta que para mí que lleva ahí desde antes de Fermín. Y que escondía varios papeles suyos.

Y ahora Alicia Ordóñez es todo oídos. Se cruza de brazos y achina levemente los ojos.

—Un calendario lunar —digo.

Y levanta las cejas hasta la estratosfera.

—¿Fermín? ¿Escondía un calendario lunar?

—De los del planetario de la ciudad, promocional. En él había marcadas varias noches de luna llena, o casi llena. Tres fechas muy señaladas: una para la que aún faltan días, la de la noche de la tormenta en la que por poco me da un infarto y una tercera, anterior a mi llegada a este sitio.

—Ya veo. ¿Y qué?

—Pues que el viejo Fermín va a ser el primer agricultor que coleccionaba las rocas esas que forman los rayos, y fue capaz de armar un calendario de supertormentas predictivo, si para el próximo día marcado en su calendario lunar se nos vuelve a derramar el océano encima.

—¿Quieres decir —me pregunta negando con la cabeza

en un gesto escéptico— que marcó en un calendario las noches de temporal en el pantano?

—Cuéntame tú cómo fue la tormenta de la primera noche de todas, porque lo he mirado en internet y también hubo un temporal brutal aquel día. El 12 de mayo. ¿Te suena la fecha?

Ella se pasma como si hubiera visto un fantasma y saca el móvil. Abre algo en él y hace *scroll* para comprobarlo.

—La tormenta fue al atardecer —afirma—. Fermín murió poco antes, con los primeros nubarrones.

Yo ni suelto el vaso ni pongo las cejas en órbita ni dejo caer la mandíbula inferior al suelo; solo levanto el dedo índice y pongo cara de bingo. Ya casi lo tenía por seguro, es la fecha en la que el pobre señor dejó de arrancar las hojas de su almanaque de taco.

Entonces va una señora y apaga la música.

—A ver, por favor. ¡Que no encuentro a mi hija! ¿Alguien ha visto a Laura?

Se hace un silencio incómodo, se intercambian miradas.

—Creo que ha ido con mi Juanlu a la caseta de las marismas —dice alguien.

Y enseguida se reanuda la música y, como si no hubiera pasado nada, todo el mundo vuelve a lo suyo.

Menos yo.

—Espera un momento… —Miro a Alicia—. ¿Dice que han ido adonde iba el padre de Mara la otra noche?

Ella suspira, pone un gesto circunspecto y asiente.

—¡Pero eso está a tres kilómetros de aquí, en medio de ninguna parte, en lo más hondo del pantano! Y el tal Juanlu no tendrá ni once años. ¿En serio que dos niños tan pequeños pueden arriar un bote y largarse a…?

Ella levanta las manos para que me calme y me interrumpe:

—Claudia, si con esta clase de cosas no te vuelves a Madrid sin pasar por la casilla de salida y sin cobrar los veinte mil dólares…

—Pero que no me salgas otra vez con eso ahora, maldita sea —digo bajando la voz pero con mirada afilada—. Habla con los padres o llama a los de Servicios Sociales, qué sé yo, tú verás, pero esto no me parece ni medio normal.

—A mí tampoco, Claudia —dice poniendo los brazos en jarra y exhalando el aire con pesadez—. Pero ya ha pasado varias veces y luego nada. Por estas huertas la gente va toda suelta y no hay más. Mira al padre de Mara, ahí tan normal… Yo solo patrullo un par de días por semana y aún no sé qué hay en ese sitio, solo que a menudo todo el mundo se pasa por el palafito de Serguéi, de unas formas y maneras que no se entienden bien.

—¿Y qué dicen cuando les preguntas?

Ella niega con la cabeza condescendiente.

—Oye, o esta gente está fatal de lo suyo o es que hay montado algo raro en la casa flotante esa; pero te aseguro que no lo vamos a averiguar armándoles un escándalo, y menos ahora. Y no me la líes, que estoy trabajando —añade al tensarse un poco—. ¿O tengo que recordarte que yo aquí he venido a hacer preguntas y tú a ponerte ciega? A ver si para la próxima me echas un cable o algo.

Asiento con resignación y veo que Mara vuelve a mi lado. Me trae otra bebida, pero se me han ido las ganas de empinar el codo. No puedo más que volver la vista hacia Serguéi, y enseguida nuestras miradas se cruzan.

Y él, sin sacarme los ojos de encima, tan solo sonríe y me señala de un cabezazo.

Tendríamos que hablar, supongo.

Pero es un tío que me da escalofríos. Va sin camisa y tiene medio cuerpo lleno de unos tatuajes que, cuando no se ven tan horribles como sus espantapájaros, parecen demasiado talegueros como para enseñarlos. Dos pistolas en los riñones, un alambre de espino alrededor del cuello, cuchillos varios, llamas en los tobillos como si caminara por el infierno. Y todo hecho con el culo a tinta azul.

—¿Estás bien, Clau? —quiere saber Mara.

Ha empezado a llamarme Clau y no entiendo bien por qué, porque eso en valenciano quiere decir «llave». Y para mí que los traductores no hacen esas cosas a menudo, pero ella sabrá.

—Sí, estoy bien —digo—. Es solo que no sé si me produce más escalofríos la segurata o el Brujo de Larvas. Me da que entre los dos me acaban de fastidiar el día.

—Esos se merecen el uno al otro —replica—. Me da que la huerta no estará tranquila hasta que no se pasen un finde follando como conejos.

—Tú siempre pensando en lo único.

—¿Es que no lo echas de menos o qué?

—Calla, calla, que estoy teniendo unos sueños guarros que son para que me aten.

—Quiero todos los detalles.

La miro y pongo cara de demonio.

—Me lo hago con el siluro, tía.

Ella explota de la risa y, al hacerlo, esparce su bebida en un arco de ciento ochenta grados a su alrededor, como si fuera uno de sus aspersores de riego. Luego se tira un rato más obstruida y atacada que mi alberca. No consigue serenarse hasta que no me decido a darle unos golpecitos entre los omóplatos.

—Rediós, Clau. Tengo que tuitear eso.

—Te mato. Te aseguro que te… Oh, maldita sea, el ruso no me quita los ojos de encima.

Se ha rodeado de un puñado de chavalines, de catetos y de vecinos que le bailan el agua mientras improvisa un *show* de magia y trucos de manos y les cuenta cosas. Hace aparecer y desaparecer de tanto en tanto un par de rublos de plata de gran tamaño y no le cuesta arrancarle al público algún aplauso o aspaviento de asombro. Remata el numerito con un gesto teatral y luego se vuelve de nuevo hacia mí para hacerme un amago de reverencia.

—Pues para mí que estás triunfando más aquí que cuando te pones a pescar siluros a taponazos —observa Mara.

—Da un poquito de repeluzno, todo él —contesto negando con la cabeza en cuanto deja de mirarme para seguir con su espectáculo—. Sus dientes me asustan casi tanto como el arsenal de topicazos de espanto que se ha tatuado por doquier.

—Ya, eso sí. A ratos me acojona mucho lo de su tinta. Y no por todos los símbolos arcanos que lleva en su obsesión por las ciencias ocultas y eso, sino porque no sé si los tatus más viejos son закone o solo imitación.

Entonces llega alguien con ganas de comercio y bebercio y se lleva a Mara a lo de sus destilados. Me vuelvo a quedar sola y no me atrevo a mirar hacia el ruso por si me sigue enfocando, así que desenvaino el móvil para preguntarle a Google qué es закone, pero lo busco como me suena, «zakone».

Y resulta que es la organización criminal más compleja y peligrosa de Europa. Vor v Zakone, la mafia rusa, unos tinglados de delincuentes que tienen más de tres siglos y más de mil códigos, y se los tatúan.

Recalo de nuevo en la *Wikipedia*, donde averiguo cosas que me terminan de amargar la mañana. La rosa de su hombro quiere decir que alcanzó la mayoría de edad en prisión.

Y la chica desnuda en una cruz ardiendo que lleva en la espalda es por haber matado a una mujer.

Día cuarenta y cinco

En el que, por poco, por muy poco,
triunfo cosa mala

Abro la verja para salir de Finca Elisa, pero lo cierto es que solo voy justo enfrente, a la acequia principal. A verter hojarasca.

Lo tengo muy estudiado y parece funcionar. Espero que no sea ninguna guarrada de cateta de ciudad o, peor todavía, un error de cálculo de la ingeniera, pero, vamos, que la ingeniera está segura de que los nitratos que barre de su portillera, esto es, la hoja seca de la higuera y del nogal (que con este otoño tan loco se están pochando distinto y disjunto, pero al unísono), van bien al fondo del canal principal de riego de la comunidad. Llevo días fijándome y creo que sí, que esta clase de materiales se pueden verter con seguridad al caudal.

A capazos.

De modo que cuido y proveo, quito la hojarasca, la mando al contenedor orgánico, a ser pasto de los bichos de la acequia.

Abro la verja rojo carnicero de mi alquería, que insiste en sonar como una ballena azul herida de muerte cada vez que se articula, y salgo a la calle un segundo para tirar la basura.

La basura.

Moribunda, vegetal, pura. Pronto será más naturaleza muerta.

Yo me siento últimamente así, en muchos y distintos aspectos. Como mi propia basura. Me despacho, me proceso, me sirvo, me expendo.

Salgo con resaca de la fiesta. Me fui para la caseta de la asociación recién depilada y bien perfumada, y eso también me dura. Dice que no soy tan de aquí, pero está visto que ya formo parte del biotopo, de la cadena trófica.

Digiero ya muy poco de lo que no cosecho, uso las arterias de la huerta como compostadora, los tubos de este sitio hacen lo que los míos. Me he simbiotizado con el pantano del infierno.

En fin, que salgo al camino sudada, despeluchada, deshecha. El pelo planchado y enmascarillado, pero ya una alcachofera recién diluviada. Habría sido una gran noche si en vez de tener más pesadillas demenciales hubiera soñado algo tórrido o así, pero ya ni esas.

Tórrido es el apicultor, que viene camino abajo. A la carrera.

Ha salido a correr por el marjal y llega a mi finca sudado y trasegado. Él no se pasó ayer, se ha pasado hoy.

Nos topamos.

Me ve y nos veo y lo veo. Le hago una señal con la cabeza para que entre en mi finca. Lo sé, me estoy volviendo como los de aquí, que lo señalan todo a cabezadas.

Él no deja de correr, solo pasa por mi lado al trote y se mete en mi finca. Se cuela entre mi higuera y mi nogal. Yo cierro la verja rojo carnicero tras nosotros y, cuando lo hago, el chirrido del hierro oxidado, inclemente, vuelve a sonar como una ballena azul herida de muerte. Empieza a recordarme a uno de esos chismes que anuncian que acabas de entrar en un comercio.

Acto seguido, echo a andar reguero abajo y, mientras camino, me quito la camiseta, el *short*, las bragas, la paciencia con la vida, todo sin apenas dejar de andar; y me meto en la alberca. En su puta cara. Hace el calor justo y perfecto, si te has dado una paliza a media mañana. Y no estoy para tontadas.

Se ve que él tampoco.

Porque deja de correr. Entra en modo tieso y solo abre mucho los ojos y se pasma. Un segundo.

Luego se quita las dos cosas prietas, de licra, de la tela esa técnica para no sudar al licuarse vivo, trapitos de corredor no, de *runner*, de los que transpiran bajo ropa alienígena. Hasta que se queda en cueros.

Y en nada, sin que haya mediado una sola palabra, le estoy mirando el tema.

Y la cosa promete.

Lo miro caminar hasta el borde de la escalerilla y elevarse para luego darse el chapuzón.

Después enseguida me estruja, sacudido por el frío y el puntazo, junto a la bomba de riego de la alberca. Yo lo atrapo como si fuera una de esas arañas buceadoras de la acequia que rodean a un pez con las patas y lo dejan seco. Se lo comen vivo, lo consumen.

Me sorprende mi propia vitalidad, me desconcierta de repente mi arrojo.

Entonces me despierto.

Salgo de mi sueño porque acaba de sonar, como una ballena azul herida de muerte, la verja de color rojo carnicero de Finca Elisa. Estoy en la cama, sobresaltada, cayendo de uno de mis sueños cachondos del pantano para aterrizar en el mundo real. En el que alguien ha entrado en mi alquería.

Porque ha sonado la que empiezo a comprender que hace las veces de alarma de la casa. Me ha despertado su timbre. Estoy segura. Eso no lo he soñado.

Entre otras cosas porque Mao está medio erizado.

Y ahora miro el arma de la casa, enclavada sobre el dintel de la puerta del recibidor. Se ve desde mi cama. Parece llamarme. Es todo muy obvio, primario, salvaje y natural. Y no puedo controlarlo.

Así que, muerta de miedo, enciendo el móvil, dispuesta a llamar a Alicia. Pero no. Ya han dado las doce y vuelvo a estar sin red.

De modo que cojo el rollo de cinta americana que uso con las tomateras y la linterna de Fermín. Luego descuelgo la escopeta, la amartillo y salgo.

A ver quién ha entrado.

Noche cuarenta y cinco

En este capítulo tampoco me sucede nada bueno

—¡La Rural viene en camino! —grito.

Y espero que cuele el farol, y que mi voz suene convincente porque no me lo creo ni yo.

Me da que lo convincente será verme con la escopeta. Y no lo van a hacer, porque he envuelto la linterna en torno al cañón con la cinta americana, de manera que apunto y enfoco todo a la vez. Cosas de necesitar ambas manos para manejar el arma y de haber estado casada con un flipado de las videoconsolas y los juegos de tiro al zombi.

Madre mía, quién me ha visto y quién me ve. Estoy irreconocible y me noto enloquecer día tras día, pero nunca me había sentido tan fuerte y tan segura de mí misma. Y eso me está devolviendo las ganas de vivir.

—¡Voy armada y a la mínima disparo! —insisto.

Y lo reconozco, es un subidón.

Hay bruma baja, esa humedad que se levanta del pantano

a estas horas y que no se come toda la visibilidad; y esta vez nada de luces raras, solo buena luna. De modo que no tardo mucho en barrer la finca hasta concluir que ya se han ido.

Más que nada porque aquí han terminado ya. Me han dejado un regalo en el centro de la portillera, entre el coche, la higuera y el nogal.

Un espantapájaros de los de Serguéi. Me da que venían a eso y nada más.

Me han estacado bien hondo en el suelo del patio una vara de madera de naranjo, en la que hay enclavada otra perpendicular, de manera que forman una estructura en T que hace de maniquí para una camiseta roja harapienta. El conjunto lo corona un cráneo de gato con dos rublos de plata en los ojos y una peluca blanca.

El Brujo de Larvas quiere jugar.

Día cuarenta y siete

En el que practico el tiro al dron, al mafioso y a la ansiedad

Es matemático. Dan las siete y, más pronto que tarde, el dron de Serguéi se pasea puntual por Finca Elisa, patrullando despacio del extremo norte al sur. Se peina media huerta a cada atardecer. Es su ronda diaria, aunque se la salta cuando hace mucho viento porque tampoco es que se trate de un dron de gran potencia. Con todo, no tengo más que apostarme donde no me vea, esto es, debajo del cerezo, junto al tronco; y ya es solo aguzar el oído y tener lista la escopeta.

Dice Alicia que mejor que no me moleste en acertarle al cacharrillo, que no es necesario ni mucho menos conveniente, con que el disparo le pase cerca bastará para desestabilizarlo y mandarlo al suelo; y, en efecto, así es. Porque abro fuego en su dirección y, al tercer tiro, ya le alcanza un rebufo de aire caliente a gran velocidad que le hace perder la trayectoria y caer a la acequia.

Me doy por satisfecha, porque no quiero destrozarlo y porque tampoco me creo capaz de acertarle a un cuadricóptero tan pequeño y rápido. Así que me apresto a ir a por el salabre para recuperarlo. El trasto ha terminado lleno de lentejas de agua, pero no se ha mojado demasiado, gracias precisamente a los camalotes y el resto de la vegetación y a las plantas flotantes que pueblan el canal de riego y alfombran la superficie. Así que le desconecto la batería, lo pongo al sol y me siento a esperar.

Que ya va siendo hora de que el brujo y yo charlemos un ratito.

Es algo que me sube la ansiedad por las nubes, pero supongo que en esta escalera también habrá que lidiar con un vecino chungo.

Desde el camino y con una sonrisa ácida, Alicia me hace una fotografía con el teléfono y luego me la manda. La foto es de escándalo: se me ve a través de la verja rojo carnicero sentada en mi mecedora. A la derecha, en el suelo, el dron recién derribado, terminando de secarse; a la izquierda, el monigote que me clavaron anteanoche en el centro de la portillera, que ahora hace las veces de soporte de la escopeta. Un vaso de limonada recién exprimida en una mano y con la otra enseño el dedo corazón.

Aquí te espero.

Creo que me la pondré como foto de perfil en alguna red social, o de avatar en algún tinglado, porque me molo toda.

Pasa algo raro también, mis gatos se van concentrando en

la portillera poco a poco. Primero viene Mao y se tumba cerca de mí, y luego van llegando todos los demás, en busca del sol o no, inquietos o pachorrudos, hasta desplegarse por doquier y coronar ramas, enseres, el coche, la verja. Se suben a todas partes (menos a la cesta de Apartagatos y al espantafuegos). Es curioso, porque parecen atentos a algo o esperando.

Ali también toma posiciones y se aposta a la sombra detrás de mi coche, bien escondida. Menos mal que se ha decidido a acudir, porque de no ser por ella no me atrevería a hacer esto. Que viene a ser algo así como darle un toque al mafioso del pantano.

El cual no tarda ni media hora en hacerme una visita.

Y tampoco viene solo.

Se trae a los suyos, a la media docena de fanes incondicionales que tiene en la banda ciudadana de radio; son casi los mismos que el otro día, en la fiesta de la caseta de la Comunidad de Regantes, le reían las gracias y los trucos de prestidigitador: la anciana de la terrible cifosis, jorobadísima, que apenas puede mirar al frente y que podría ser su madre; un chavalín con los dos brazos encogidos en uno de esos espasmos nerviosos, o articulares, y que a juzgar por su expresión facial no parece que esté muy en este mundo; el padre de Mara, que seguro que está en cualquier sitio menos aquí; un gigantesco señor de color amarillo que se viste con ropa tres tallas por debajo de lo que debería y al que, aunque todavía no se ha dignado a saludarme, suelo ver de labranzas por la zona, siempre cuidando de un extenso naranjal, y un par de tipejos que deben de ser gemelos, no tendrán ni veinte años, de cortas y muy trasquiladas pelambreras negras, que se pasan todo el tiempo cuchicheando entre ellos en ruso.

Y ese es el séquito regular del amigo Serguéi, se lo trae junto con la cara de pocos amigos, las gafas de sol redondas de cristales color sangre que lo hacen parecer todavía más monstruo cuando mira por encima de las lentes, la camiseta de tirantes para que se vea toda la maleza que se hizo en el gulag al tatuarse hasta lo escuálido de los brazos... y en los morros su eterna mueca corrosiva a juego.

—Tú no quieres torcerme la mirada, rubia —dice sin más.

Luego guiña un ojo y arruga el hocico como si dárselas de terrible le funcionara con la gente normal.

—Buenos días —lo saludo, y bebo un trago despacito para luego depositar el vaso de limonada junto a su dron. Todo sin dejar de mecerme lentamente.

Y solo espero que no se note que me tiembla un poco el pulso.

—Que te digo —me espeta en un tono todavía aceptable pero apuntándome con el índice, la uña de puta y bien pintada de granate—, y atiende cuando te hablo, que tú tienes algo mío.

—Ah, el monigote vudú este. Os lo dejasteis anoche en mi propiedad, sí. Para recogerlo valía con que me mandaras a uno de tus minions, o con que vinieras solo. ¿En serio te traes a todos esos para pedirle el salero a la vecina?

—Yo siempre estoy con mis larvas. Tú también estás oficiando esto arropada por los tuyos —responde.

Y barre con un gesto de la mano toda la portillera de la finca, por la que diría que campa hasta el último de mis gatos.

Que lo miran atentamente. Todos.

No sé qué rayos les pasa, pero le río la gracia y es extraño porque su gente, en vez de hacer otro tanto, se dedica a asentir con la cabeza o a recorrer la colonia felina como el que pasa revista a unas tropas. Esto, los detalles así, tan raros pero que se van normalizando, me ponen cada vez más mala… Hace apenas dos meses, yo aquí no habría visto más que un chiste flojo, y ahora, con todo lo que he pasado y he hecho aquí, ya no sé qué pensar exactamente de mi ejército de gatos. Vuelvo la mirada a Mao y este deja de hacer la esfinge, se incorpora, se lame una zarpa y da cuatro pasos para sentarse a mi lado un tanto tenso.

—¿Has oído eso, Mao? Dice que te tiene miedo.

—Возьми книгу и уходи —gruñe Mao.

—Нам нужен глаз —le contesta uno de los gemelos.

—Eh, tú, con mi gato solo hablo yo. Y lo hago en la lengua de Cervant…

—Ya basta, muchacha-llave —me interrumpe el brujo—. Tú no quieres saber la clase de puertas que estás abriendo al entrometerte en mi camino, no podrías comprender lo que habita bajo la piel del pantano... Créeme, yo he visto cosas que te harían temblar de miedo, no te atrevas a desafiarme.

Yo inspiro y exhalo y contesto como si no me hubiera tomado ni un segundo para responder.

—¿Ahora toca el discursito ominoso con el que vacilas al vecindario por radio, so pesado? —digo levantando la voz, armándome de ese valor que sigo estrenando desde que soy de la huerta—. Te pones muy ridículo, créeme. Mira, a mí me da igual si todo eso que te traes de pose te funciona con la gente de este sitio o con la de tu país. Te aseguro que no me asustas más que Madrid en Navidad.

Él suspira y hace un gesto cansado. Yo solo me mezo sin sacarle los ojos de encima. Entonces pasa las manos a través de las rejas de mi verja, dejando ver sus dedos huesudos, tatuados con unos simbolitos como los de sus espantapájaros, torcidos y deformados por vete a saber qué trabajos; uñas de colores, anillos de colores también, pulseras recargadas que tintinean demasiado y raro, cuatro relojes distintos (de mujer, digital, de narco, de deporte) en la muñeca derecha, una cicatriz que le perfora la palma izquierda por todo el centro, ni que fuera un estigma...

—Lo creas o no, yo he caminado desde niño por los corredores más oscuros del inframundo y del país de las pesadillas en el que habitas tú cada noche desde que viniste. En él te miro crecer, luna tras luna. —Habla cada vez más despacio—. Conozco mucho mejor que tú el dolor, conozco bien a los peores monstruos y he hecho mil pactos con los demonios mismos. —Remata el discurso con un enérgico gesto de manos, un espasmo con el que extiende cada dedo como si quisiera salpicar con ellos.

Y el candado de mi verja salta solo, cayendo al suelo con la cadena. Y el enrejado que guarda Finca Elisa se abre violentamente de par en par, sin nadie que lo empuje y sin sonar como una ballena agonizante o rastrillar el suelo como suele hacer.

Nunca ha funcionado tan bien. No hay aceite en el mundo que lo haga moverse así. Pero yo no me puedo arrugar.

—Buen truco, payaso —digo, y olé, porque no me tiembla la voz—. Pero con la misma gracia con la que tú te sacas un conejo de la chistera yo me saco un chiste del conejo.

Y mando la mano a un lado, al del espantajo vudú, donde me aguarda la escopeta. Me levanto de la mecedora como un muñeco sorpresa y amartillo el arma, quitándole el seguro. El cañón al suelo, pero pocas bromas ya, porque el brujo hace ademán de entrar en mi propiedad.

—Da un paso más y será allanamiento —suelto entre dientes—. Como lo de anoche. Como haces al espiarme con el cuadricóptero teledirigido. Hasta aquí hemos llegado.

Él deja escapar una carcajada amarga.

—¿En serio, rubia? ¿Te vas a liar a tiros con nosotros?

—Pues es que no te he invitado a entrar ahora ni tampoco lo hice anoche. Yo solo te digo que me dejes en paz de una vez por todas y para siempre. Si acabo de llegar aquí es porque no tengo donde caerme muerta y... —exploto en una sonrisa juguetona—, como decimos en Puente de Vallecas, nunca jodas con el que no tiene nada que perder.

El enorme señor amarillo niega con la cabeza, da un paso al frente y yo levanto el cañón a las nubes.

—¡Al primero que se me acerque le hago lo mismo que al dron!

Serguéi hace otro gesto con la mano y el inmenso señor de color limón retrocede, llevándose su cirrosis fuera de mi propiedad.

—Escucha bien, pequeño insecto —dice, ya sonando visiblemente cabreado—. Yo he sacrificado todo para obtener el poder que poseo y no permitiré que nadie me desafíe sin hacerlo valer, y cuando lo haga no habrá lugar seguro para ti en todo el pantano, ni tampoco en el resto de tu mundo. Mis hechizos te perseguirán hasta el fin de tus días y te harán sufrir como nunca antes. No quiero ser cruel, pero es mi naturaleza. Mi espíritu está corrompido por la oscuridad y mi alma está manchada por la sangre de mis víctimas...

—Ya —le corto—. Y dale con el postureo. A ver, ¿tú quién eres, el celador que la mafia rusa ha puesto en este estercolero? Pues a mí eso me tiene sin cuidado, yo estoy a mis acelgas y mis alcachofas, ganándome honradamente la vida sin meterme con nadie. Afloja un poco, maldita sea. ¿Qué vas a decirme ahora, que no sé con quién estoy hablando, como si fueras un edil del Partido Popular? Pues resulta que me da igual si los cadáveres que saca la pasma de estas acequias los tiras tú, si trapicheas mucho y feo, si das fiestas con drogas duras y apuestas altas y gentuza, si estás fatal de lo tuyo o si montas rituales satánicos en la caseta esa que flota en el centro de las marismas. ¡Me das igual tú, de arriba abajo! Conque, eh, a lo tuyo, pero no vuelvas a acercarte a Finca Elisa. Deja ya de espiarme con el trasto este. —Me agacho a coger una de las hélices del dron con dos dedos y se lo lanzo al gemelo más próximo, que lo caza al vuelo—. Y ni se os ocurra volver a entrar aquí en medio de la noche a dar la turra con esta basura. —Entonces le asesto una patada al cráneo de gato del muñeco que me endosaron anoche y llega rodando a los pies de la señora jorobada, que lo recoge como si fuera algo valioso—. Conmigo tonterías las justas ya, que llevo desde que he llegado haciendo como que aquí no pasa nada y lo de anoche ya fue demasiado.

Él escupe al suelo mientras martillea con la uña del índice en mi dirección.

—Volverás por mi casa en breve, rubia, pero no a husmear, sino para traerme el libro. El *De Vermis Mysteriis* traducido al castellano que tienes. Lo quiero para oficiar mis ritos y entonar mis cantos. Sé que lo lees por las noches.

—¡Que me dejes en paz, que no quiero escuchar que también me espías cuando me acuesto, joder! Que no te quiero ver si no es por la caseta de la comunidad y porque no me queda otra. Soy muy dueña de bañarme en pelotas en mi alberca y no te quiero grabándolo en vídeo y subiéndolo a internet. Me dan mucho asco tus espantapájaros, y tú más. Y no quiero saber nada de tus películas ni de tus batallitas, solo que tengamos la fiesta en paz, sin que te cueles en la alquería por las noches como si fueras un violador con problemas de timidez. Tú solo haz tus negocios y tus misas y tus chorradas a tu aire, y a mí y a mi finca nos dejas al margen. —Y remato con una escueta carcajada, por aquello de las meaditas territoriales y la conversación sobre la guerra que le escuché el otro día en antena—. ¿Cómo se hace para explicarle a un ruso que no tiene que invadir al vecino?

Él echa un último vistazo a la escena, como memorizándolo todo, y luego ya no sé si me dice algo a mí o si recita un poema, un sortilegio o una oración:

—Tuya es la superficie de este suelo tan negro, la capa en la que crecen las plantas que te alimentan y por la que danzan los rayos de nuestras tormentas de luz. Tuya es la alfombra de lentejas de agua que cubre los canales por los que chapotean mis agentes. Nuestro es lo demás.

Yo solo bufo, y Mao hace otro tanto, en plan gato agresivo. Él parece relajarse y dejarse de versos para retomar la conversación:

—Nosotros, muchacha-llave, servimos a los vor, a los que socavan las profundidades, a Chawdde-M'ell, al Gran Lambton, a la luz de los muertos, las chispas del pantano. Yo mismo llegué a este enclave desde Asia atravesando las rutas telúricas, a través del manto terrestre, dentro de un gusano de la lava. Deja de engañarte, tú solo estás bailando y patinando sobre ese hielo tan fino que ha formado el invierno encima de nuestro lago, y ya notas cómo cruje y chasca bajo tu peso.

Se da la vuelta lentamente y su séquito empieza a retroceder hasta el camino, todo sin dejar de deslumbrar con sus chorradas.

—Tu finca está en mi reino, rubia. Está tocada por el rayo, lo mismo que tú, conque ya nos veremos al final de todo, como está escrito. Quiero mi libro, lo necesito para antes de la próxima tormenta.

E intercambia una cabezada con Mao antes de irse.

Luego echa a andar despacio, moviéndose como una libélula que busca una presa y, en cuanto se aleja lo bastante, repite su truco de manos y la verja de Finca Elisa se cierra tras él, de un portazo terrible pero que no hace ruido alguno.

Yo vuelvo a sentarme en la mecedora y solo entonces noto lo mucho que me tiemblan las piernas. Estiro la mano para alcanzar la limonada y le doy un trago que no consigue bajarme las pulsaciones, solo darme arcadas. Intento calmar y aquietar mi respiración en balde.

—¿Lo has grabado todo? —le digo a Alicia.

—Sí, pero no ha dicho nada útil —contesta a la vez que termina de pulsar en la pantalla del móvil desde su escondite tras el coche—. Te dije que le arrancaras alguna confesión y tú te has dedicado a amenazarle. ¿Es que te has vuelto loca? Pero ¿cómo se te ocurre tratar así a ese tío?

Y no sé si habla ella o mi ansiedad.

Solo me hago a un lado, me aparto el pelo y la vomito. La ansiedad. De pronto, sin poder controlarla ya más.

—Claudia..., ¿seguro que estás bien? —me pregunta Alicia mientras me afano por sacarlo todo.

Pero parece que no lo consigo. Termino descompuesta y con un nudo en el estómago, como si se me hubiera quedado dentro la peor parte de todo.

Mis gatos se aprestan a olisquear el vómito, pero esta vez es Alicia quien se me queda mirando como si yo fuera un soplete. Apuesto a que pronto empezará a vigilarme a mí.

Noche cuarenta y siete

En la que aprendo a estar maldita, en bata, hecha polvo y pertenecer al rayo

Fue vomitar y empezar a encontrarme mal. Al poco no pude más que acostarme, con el hormigueo y el agarrotamiento articular que me coge antes de un brote de los feos, de dolor difuso, radiante, disperso. Y aquí está.

Me cuezo viva en mi fibromialgia de nuevo, cierro los ojos y me duele todo. Además me persigue la conversación con el brujo, la escena se me ha quedado grabada a fuego en la retina. Su uña, pura grima, apuntándome; su gente, sus tatus, su olor a cuadra, sus ojos por encima de la clase de gafas que te hacen ver solo sangre. Es que no me lo saco de la cabeza. ¿Esto es sugestión o soy yo, que estoy maldita? ¿Se ha metido en mi quijotera y ahora la retuerce o es que me he pasado tres pueblos amenazando a un criminal profesional y por eso mis nervios me están castigando? ¿Será que no puedo perder la calma sin que me vuelvan todos los males? ¿Ayudará si me fumo un porro en un momento así o me quedaré frita del todo?

Estiro la mano para encender la lámpara de la mesita de noche y ahí está el libro que quiere Serguéi. *De los misterios del gusano*. Un galimatías del infierno, como todo aquí.

Me incorporo y la que me arman las cervicales al moverme es peor que uno de los doce trabajos de Hércules, matar al monstruo del pantano, concretamente. Salgo al pasillo y miro el cuadro de la Hidra de Lerna en la penumbra de la alquería. Luego paso por la cocina para beberme un vaso de agua y tomarme dos humildes robaxisales, todo sin poder dejar de mirar a los ojos a la anguila del bodegón. Estudio la emisora, que ya nunca apago, solo muteo; tiene las luces de la actividad del canal del ruso a todo pasto. Haría mil cosas para tranquilizar mi mente, para averiguar algo, para poner orden en toda esta película de horror en la que ando metida, pero solo hay una cosa que necesito, en puridad, en rigor, en verdad.

Salir al porche, sentarme en la mecedora.

Llamar a Mao. Que me cure.

Maullar a la luna, a la vía láctea, a la oscuridad del pantano. A la soledad.

Caminando como una anciana con artrosis mientras arrastro los pies con pesadez y muy despacio, me las ingenio para tomar asiento en el porche. El dolor sigue ahí, enredándose en cada rincón de mi anatomía, para dictar mi vida y decidir si podré seguir o no con ella durante los próximos días. Tal vez pronto arrecie y tenga que acostarme y ya no consiga ni moverme de la cama en demasiadas horas.

Y el caso es que si mañana no riego media puñetera alquería voy a empezar a perder cultivos.

Pero ahora mismo eso me importa un bledo. Concretamente, uno de los bledos que tengo en el sembrado de amarantos junto a la alberca, y que me encanta soltar por la ensalada. Las hojas del bledo se han convertido en lo mejor de mis ensaladas; maldita sea, voy a tener que quitarme también de decir que no son imp... Ay, se me va completamente la olla. No controlo bien mis pensamientos cuando me duele tanto. Ya deliro, qué mal. Estoy atrapada en un cepo mental, en una maraña de dolor interior, que no es solo físico, sino emocional y psicológico.

Me abrazo las piernas y gimo, busco consuelo entre las chiribitas de los ojos de los gatos, que se apostan al acecho por la oscuridad de todo el alcachofar que se abre justo junto a las escaleras del porche. Les pregunto por Mao pero nadie responde, porque solo Mao tiene voz de gato Bajun.

Lloro un poco y me lacera una palpitación en lo hondo del pecho, y la noche se me hace larga, oscura, eterna. Me incorporo al cabo de un buen rato para hacer otro trabajo hercúleo: prepararme una infusión, mear, liar un canuto de la marihuana que me ha dejado Mara. Tal vez sea lo último que pueda hacer en mucho tiempo y espero que ayude algo. Luego vuelvo a la mecedora y en ella está Mao, hecho un ovillo.

—No se te puede dejar sola ni un momento —maúlla.

—Te necesito.

Dejo el cigarro y la infusión en la mesa del porche con la furia del que se saca la ropa a toda prisa, cojo al gatete y lo abrazo despacio, con amor. Luego tomo asiento con él en el regazo.

Él me lame un poco la barbilla y enseguida noto que se pone relajado y blando y pesado, como una prenda de ropa. Aguza el ronroneo y en el acto siento que yo también me voy reponiendo de todos mis males.

Bendita cura de hechiceros esta. Dejo que me llene, que me sane. Fumo y bebo algo hirviente y es como apagar un incendio interior.

—¿Qué le has maullado a la larva esa del brujo?

—No te voy a enseñar ruso en cuatro noches, Clau. Haber estudiado.

Bostezo. Sigue remitiendo, es magia pura. Estiro un brazo hacia el tocón de madera en el que Mara suele sentarse para coger el chal de lana que me regaló mi hermano y cubrirnos con él.

—Mao, creo que me he pasado chuleándole a ese grimoso.

—Para nada, ha estado fetén. No se habla de otra cosa en toda la huerta. Tienes desquiciadas a las luciérnagas, loco al jefe de todos los fuegos fatuos, preocupadas a todas las hidras de la acequia... Eres el orgullo de Finca Elisa, los cañizos y los carrizales susurran tu nombre, vivos o muertos. Solo te ha faltado abrir fuego con un disparo de advertencia. Llegas a hacer algo así y eyaculo. Se cae el pantano.

Sonrío un poco, cuento estrellas, me termino el porro y cierro los ojos.

—¿En serio voy a tener que entender la chaladura que se cuece en este sitio si quiero que me dejen en paz con mis hortalizas y mi salud mental?

—Loca, tú lo que pasa aquí no lo entenderías ni perdiendo toda tu cordura. Tú solo eres la llave que cerrará la puerta cuando todo termine. Y mi humano favorito. Y eso es mucho.

—Mucho es lo del asqueroso ese conmigo. ¿Qué quiere de mí?

—Pues lo que te intentó explicar, supongo, que no será mucho más que lo que viene en el libro ese suyo. —Vuelve a bostezar y a ponerme ojos soñolientos de gatete retozón—. Tú eres ahora la señora de esta casa, ergo estás señalada por el rayo y por el pantano, ergo eres clave para sus rituales, por mucho que te digas el enemigo. Así que Serguéi y sus zumbados te vigilan, te rondan, te dan la paliza, te saben y te quieren en sus chaladuras, aunque te resistas y no lo quieras ni ver ni saber ni entender.

—Qué de chorradas.

—Todo es un plan, para esa gente, para el calendario, las estrellas y la luna. Un plan antiguo y oscuro que aprender viviendo y muriendo, con y por el que padecer pesadillas y sufrir misterios absurdos. Ya lo irás comprendiendo cuando te conviertas en uno de ellos.

—Ni en pintura paso yo de hortelana —contesto.

Y ya casi hablo en sueños.

—Tú no acabarás como Fermín —murmura al tiempo que me atusa una ceja con las almohadillas de las patas—. Tú sí perteneces a mi mundo, al rayo y al gusano.

Me lame otro poco mientras me quedo dormida del todo. Me hundo profundamente en los brazos de Morfeo; siento paz y que estoy en casa y que una fuerza de la naturaleza me canta, me arrulla, me cuida, me ronronea y me cura.

Día cuarenta y ocho

En el que el psicopompo abandona su puesto y todo empieza a descontrolarse

Mao se marcha al amanecer. Me hace una última cucamona, salta de mi regazo y se va.

—Chao, loca.

Yo apenas me entero, inmersa en el duermevela matutino, envuelta en la manta de la mecedora. Para cuando me hago el desayuno no sé decir si se despidió de una forma extraña, sentenciadora, o si solo lo soñé.

Pero el caso es que lo busco por toda la finca según va pasando el día y no lo encuentro por ninguna parte. No doy con su rastro ni usando la linterna de luz negra.

No ha dejado sus restos estratégicamente situados, y ojo que a veces los posiciona tan a conciencia como Serguéi a sus espantajos y sus discursitos.

Da la hora de comer y no aparece ni cuando le lleno el bol.

Se ha ido.

Noche cuarenta y nueve

De los misterios del gusano

Sobrecogeos y padeced todos por los misterios del gusano, ya seáis infieles o temerosos de su furia, porque os serán revelados en el día de hoy. Pues ahora se os hará sabedores de que la Tierra no es más que su manzana y él la roe y la socava en las profundidades, desde siempre.

Por su voracidad, los terremotos, los volcanes, las glaciaciones, las tormentas, las plagas, las fosas y las simas. Las montañas. La locura. La soledad natural.

Los páramos, ya sean de hielo o fuego.

El orbe al completo no es más que la pulpa en la que pasta la larva final, la enorme monstruosidad agusanada que a cebarse fue puesta, ya en la noche de los tiempos, a consumiros el sustrato vital, geológico, telúrico. A ocupar el espacio bajo el suelo que creísteis vuestro. Que hicisteis mundo.

Chawdde-M'ell se dispone a devorar, a triturar roca y magmas y metales, hasta hacer el vacío bajo vuestros pies, y así disolver vuestras esferas, celeste y magnética; doblegará la fuerza de la gravedad del mismo centro de la Tierra, volará los yacimientos de los gases con los que hacéis fuegos en la noche, os llevará a los abismos. El todopoderoso masticador hará estallar vuestras burbujas, se tragará por dentro vuestras naciones, os despedirá al diseminaros al vacío exterior, como hacen las larvas esas que incuban los animales calientes bajo su piel cuando despiertan para comerse vivo al huésped.

Es cuanto le espera a la pretenciosa humanidad.

Los que adoréis al gran gusano blanco os salvaréis, escaparéis hasta el final del final. Tened la llave y para vosotros se abrirá la puerta a otro de sus sumideros cuando madure el que creíais vuestro hogar. Así ha sido desde antes del hombre, así era cuando los grandes felinos coronaban la cima de vuestro ecosistema, así cuando las bestias del pantano sobrevivieron a las grandes extinciones. Podéis abrir paso al eterno pastar del gusano o ser víctimas de sus fauces. Escoged.

Porque la verdad revelada es esta, y es que no sois más que polizones en la cáscara de un huevo cósmico. Que se está agrietando.

Cuando la luna esté alta, el gusano se alzará a la tempestad, hervirán las aguas negras, aullarán a la luna las bestias buceadoras, se reunirán todos los brujos que guardan las casas visitadas por los relámpagos más furiosos, bailarán por el suelo los rayos y las centellas, formando rocas de tormenta e incendios, soltando a los fuegos fatuos, liberando las luces de los pantanos para que las de los muertos den paso al final de los tiempos, a una noche eterna, en la que todo será el masticar del gusano al consumir los horizontes de la cordura y la realidad.

Bostezo y cierro, exhausta, el libro del demonio. No sin antes ponerle un marcapáginas extraído de una de mis chapas de cuatrocientas páginas de autoayuda para la ansiedad.

Es de un gran grupo editorial. «Me gusta leer», reza.

Pues va a ser que no, que no me está gustando el libro. Esto no son más que las locuras que suelta el ruso ese por radio, que empiezan a recordarme a las del veterinario. El pavor a la venganza del subsuelo que tienen los que lo siembran y riegan y abonan.

La gente de esta huerta está convencida de que en este sitio habitan grandes fuerzas telúricas, de que el planeta va a explotar justo bajo sus pies, lo mismo que la que vive en Nueva York cree que todo sucederá en su mismo barrio, cuando los aliens lo escojan como pista de aterrizaje tras atravesar unas distancias astronómicas.

A mí todo eso, por mucho que me lo sirvan entre las tapas de piel de una especie de códice pagano, me produce un sueño agotador tras dos días de fibromialgia, amortecida por el nosequé que me hizo el gato.

Gato que ha desaparecido definitivamente. Porque no he

visto a Mao desde la última cura. Su bol sigue lleno de croquetas premium. Nadie osa tocarlas, ni los insectos del marjal.

Ya volverá. Sus cosas de gato, supongo. Le debo ya un par de favores de los gordos, vamos a tener que hablar de ello.

Me estiro en la cama, apago la luz, devuelvo el libro de Fermín a la mesita de noche y abandono todo control muscular, me aflojo, voy aquietando la respiración. Pero enseguida me acuden las preocupaciones del pantano.

Maldito mundo de locos, no puedes escapar de él ni haciéndote campesina. Tengo que devolverle el tocho infumable ese al ruso, y que se toque al leerlo por radio o algo, a ver si así se relaja de una vez conmigo. Que lo use como evangelio en su próxima fiesta de alucinógenos. ¿No es eso lo que tanto necesita? Pues que lo haga, y que me deje en paz de una vez.

También tengo que limpiar y recoger toda la casa, que está hecha una cuadra. Y darme un baño de los largos en la alberca, que lo necesito si no quiero terminar oliendo fatal. Siempre acabo hecha un desastre con estas crisis, llevo sin lavarme desde que empecé a sudar en la cama. Cerda que es una.

O algo así me digo al caer en los brazos de la convalecencia, tras haberme tirado el día regando y dolorida. Estoy como si me hubieran dado una paliza, pero con la firme sensación de que el monstruo del dolor interno se ha ido del todo, al fin.

Ya volverá.

Lo mismo que Mao y que la locura de este sitio, pero ahora todo eso me da igual porque he ganado de nuevo a mi monstruo particular. Porque sigo resistiendo.

Porque no he dejado de avanzar desde que llegué al pantano.

Es mi último pensamiento, y me hace sonreír; luego la oscuridad de la noche de este sitio me traga y, por fin, se me lleva.

Día cincuenta

Mara, clavada a un poste por las palmas de las manos, no para de gritar…

…mientras el Brujo de Larvas le inserta por la vagina un tarro gordo de vidrio repleto de gusanos blancos.

—Serás mi puta monstrua cuando te infesten —le susurra.

Y grito y me despierto y ya es de día.

Mis dieciséis gatos adultos me miran en silencio, inmóviles, como si yo fuera un soplete. Se me han metido todos en el dormitorio. Todos menos Mao.

Corro a desayunar marihuana y macramé. Por mi salud mental.

Día cincuenta y uno

наконец-то одинокий, наконец-то сумасшедший

—No seas tonto y llénala bien —digo sin quitarle el ojo de encima mientras me desvalija los aguacates—. Y te llevas también otro de mis sacos de macramé si lo cargas hasta arriba de manzanas, que tengo como para parar un tren.

Y él me hace caso. En parte porque me ha traído dos tarros de miel y uno de jalea real. En parte porque mis manzanas lo valen. Y en parte porque me he puesto muy pesada.

Pero porque quiero mirarlo mientras las coge. Sujetarle la escalera al apicultor más macizo del mundo.

—Pues sí que ha triunfado la ingeniera con el manzanar. —Se ríe al estirarse cada vez más arriba.

—Es el único de mis cultivos que ha ido de lujo. Ese y el maldito limonero mutante, que rinde como una plantación él solito.

Soy una vieja verde olisqueando con hambre al chaval de

turno. Y no pienso dejar que se marche sin que pruebe la otra especialidad de la casa: mi limonada.

El acuerdo de *trading partnership* que hemos zanjado por radio finaliza cuando él termina de saquear mi finca. Resuelto el trueque, molaría que él resolviera durante un rato largo lo de mi vida sexual, pero empecemos por una limonada, que esto no es un sueño erótico de los míos, por desgracia.

Lo hago pasar al salón para exprimir los limones y se queda atrapado mirando los ojos de la anguila en el bodegón que habita sobre la chimenea.

—Esa bicha parece que esté viva —dice aún boquiabierto.

—Supongo que es la gracia del cuadro, ¿no? —contesto, un poco pensando en voz alta—. Yo lo entiendo como un contrapunto, apuesto a que el pintor lo que buscó fue darle vida a una naturaleza muerta.

Veo que no me sigue, me fijo en la sonrisa de bobalicón que se le pone. Intento interpretarla en el acto y… entonces mi instinto para los duelos de ingenio que llevan al coqueteo fracasa estrepitosamente, porque me acude la idea de que igual le atrae mi enferma quijotera.

¿Qué? Al fin y al cabo siempre ha sido uno de mis principales atractivos.

Así que me arranco.

—Tú piensa que la anguila es todo un referente totémico para la vida y los símbolos fálicos. Freud diseccionó más de cuatrocientas en busca de sus órganos genitales y no encontró nada, así que concluyó prácticamente lo mismo que Aristóteles dos mil años antes: «La anguila no es macho ni es hembra y no puede engendrar nada».

Me vuelvo para mirarlo a los ojos tras dar el golpe de efecto al soltar una risita y luego volcar todo el zumo de limón en la jarra de agua, pero me encuentro con su cara de pánico. De miedo cerval.

Ha colgado las cejas en la estratosfera, supongo.

—No sé, Claudia. Yo lo suspendía todo en secundaria. Nunca aprendí nada de nada hasta que mis padres me compraron un hormiguero de juguete.

Asiento con una sonrisa tibia tras comprender hasta qué punto acabo de meter la gamba.

—Tú eres profesora de universidad, ¿no? Eso dijo Mara el otro día por radio.

Yo insisto en sonreír, qué menos después de intimidarlo de la peor manera. Definitivamente, estoy condenada a montármelo con las anguilas y en sueños.

—Solo enseño una asignatura optativa en una facultad de esas de internet, ni siquiera tengo media jornada. Y sí, cuando era joven estudié hasta casi doctorarme, pero ya ves de qué me ha valido.

Para espantar a los chicos.

Y a este me lo llevo al porche, en vista de que al dormitorio no va a pasar ni atado.

Allí nos aguarda mi mecedora desvencijada, con su gata siamesa preñada a juego (Mao sigue sin aparecer), tumbada como una esfinge en medio del asiento. La minúscula mesa al lado, con cenicero, teléfono móvil y ordenador portátil, chinos ambos, y el cavaquinho, muy portugués y analógico él. Dejo encima también la jarra de limonada y los dos vasos de Nocilla de vidrio mate para servirla. Al otro lado del mueble, un tocón de leñar absurdamente dispuesto por toda silla de cortesía, o de confidente, o de cliente.

—Espero que te guste mi silla de los invitados. El caso es que ahí suele sentarse Mara y apenas ha venido por aquí nadie más. Piensa que me instalé el mes pasado.

—Me sirve —dice tomando asiento con naturalidad y sirviéndose un vaso de limonada sin miramientos.

—Está sin endulzar. Sabes mejor que nadie que no me quedaba miel.

—Yo no la uso —contesta contundente—. Ni tampoco azúcar, ni edulcorante. Me gusta el limón salvaje.

—Bah, a nadie le gusta el limón con todo su ácido.

—Eso se cree él. Oye, ¿y qué es eso de que le has tocado soberanamente los cojones al ruso? Se dice por radio que te liaste a tiros con su dron y que luego encañonaste a sus amigos.

—Por radio —respondo tras una pausa incómoda— dicen las cosas de cualquier manera.

—¿Lo hiciste o no?

Ay, que me da que este no viene a follar, sino a cotillear. El deporte oficial de la huerta.

Lo estudio como una araña miraría a una mosca. La araña tiene ocho ojos. La mosca, unos ojos compuestos, con visión de trescientos sesenta grados. Me lo rumio otro ratito incómodo y le digo:

—¿Qué es lo más horrendo que te hacen a ti las abejas, chaval?

Él manda la vista a lo alto de la higuera y luego mira hacia el proyecto de parra que espero que se enrede pronto en el enrejado superior del porche.

Se lo piensa bien, se lo piensa tanto que se me hace un pelín largo, me da que se ha instalado en la parra mientras bebe, y al fin me suelta:

—El síndrome del colapso de las colmenas. Eso sí que es el terror puro.

No lo pillo.

—¿Se desploman las colmenas? ¿Físicamente?

—Se vienen abajo, se vuelven imposibles. Las obreras empiezan a marcharse hasta que las que se quedan no pueden mantener la colonia.

—Ah, sí. Eso lo conozco, soy ingeniera forestal. Escuché el otro día un monográfico de varias horas sobre el tema, en un pódcast de agronomía... Lo que no me quedó claro fue adónde se marchan las obreras.

Él sonríe. Me mira con curiosidad y sonríe. Me da que esto sí lo está captando a la primera, será que no es tan tonto.

—Es gracioso que te quedes con eso —dice.

—¿Por qué?

—Pues porque da puto igual. ¿A quién le importa lo que haga una obrera que abandona la colonia?

—A mí. Yo quiero saber adónde se va.

—Nadie lo sabe. Ve y búscalas tú, a ver si puedes localizarlas.

—Pero a algún sitio irán. Y por algún motivo.

—¿Sí? ¿Y los que os vais de la ciudad para terminar aquí tenéis todos el mismo motivo? ¿Saben allí adónde habéis ido y por qué? ¿Es importante para ellos?

Pues sí, lo ha pillado enseguida. Es un poco lo del asilo de almas que decía Mara. Y me lo acaba de soltar en las narices.

—¿Qué quieres decir, que es un síndrome multifactorial? ¿El hongo ese pero también la nicotina y también los plaguicidas y también el ácaro varroa y el cambio climático y...?

Dejo de hablar a medida que él va negando con la cabeza. Le asesta un trago mortal a la limonada y no pone cara de estreñido. Va a ser verdad lo de que es un apicultor sin azúcar. Un yogur cero calorías.

Que no quiere hablar con la ingeniera, quiere hablar con la fugitiva de la escopeta.

—Lo de la fuga de las abejas es un misterio bastante turbio —dice clavándome la mirada con saña—, lleva pasando desde los años sesenta, y sucede tanto entre las colonias salvajes como en las mías, que son de abeja melífera en vez de silvestre. Y no me lo explico. Todo va de lujo cuando, de pronto y sin más, las obreras abandonan sus puestos, se marchan, poco a poco pero en masa y a un ritmo que no para de crecer, hasta cargarse la colmena.

—¿Seguro que luego no aparecen muertas por tu finca?

—Yo no las encuentro ni extraviadas ni muertas ni enfermas por ningún sitio, se me van bien lejos y de la noche a la mañana, dejando atrás poco más que las larvas y a la reina. Y no hay causa aparente, sucede sin motivo ni explicación, solo me tropiezo de repente con que empiezan a escasear las obreras hasta que en pocos días la comunidad que sostienen ya no consigue alimentar a los zánganos.

—Pues sí, es feo.

Él se repantiga y echa la mirada de nuevo a los cultivos, como si la respuesta pudiera estar en ellos.

—No hay depredadores cerca ni nada que afecte a la colmena de al lado, pero yo de pronto tengo un panal, perfectamente sano y normal, del que todas las abejas se quieren marchar. Y no se van a jambrar a ninguna parte, vuelan a un sitio que no consigo ni imaginar. Cambian de vida, empiezan otra cosa. Y el caso es que ellas no están hechas para vivir como las avispas.

—Tendrás que subirles el sueldo o algo —digo en una intentona de distender.

Él se queda mirándome muy atento, me estudia. Luego hace otro tanto con la finca y vuelve a dirigirse a mí. No dice nada.

—¿Adónde pretendes llegar con todo esto, hijo mío? —aprieto para acorralarlo.

—A que una obrera sola lo tiene difícil si echa a volar y no para hasta desaparecer. Es un animal de colmena, no sobrevivirá sin un grupo de apoyo. Y en la huerta el más grande es el de Serguéi, y también el más peligroso.

Se termina la limonada y añade:

—Esa gente es de mucho cuidado, Claudia. Se dedican a los trapicheos y, para mantenerlos bien atados en corto, sobrevuelan la huerta entera con drones, escuchan todos los canales de radio, miran las redes sociales de hasta el último vecino que las tenga, están en cada sarao... Saben todo lo que sucede aquí y lo husmean todo, y si les preguntas te dicen que solo vigilan, que tienen que «controlar su territorio». Te sueltan algo así y se quedan tan anchos. En fin. Ponte como quieras, pero tienes que arreglar las cosas con Serguéi.

Suspiro y me sirvo un vaso. Luego niego con la cabeza y le devuelvo la mirada, apuntándolo con el índice.

—A ti lo peor que te hacen en el trabajo es desertar —digo—. Se te van, y está claro que no te lo puedes permitir. Pero a mí el ruso ese de las larvas me da mucha grima, no lo quiero cerca y se me estaba echando encima, conque no tuve otra que mandarlo a pastar.

—Yo eso lo comprendo. Pero si hablas con el resto de los regantes te dirán lo mismo que yo, que hagas las paces con él. Que aquí no nos enseñamos las escopetas.

—¿Es por eso por lo que Mara ya no me contesta cuando la llamo?

—Mara no sé, porque su relación con los rusos siempre ha sido un poco rara, pero aquí todos intentamos andar a buenas. Haz el favor de ir a ver a Serguéi y arreglar las cosas.

Me pareces una chica muy lista y razonable —dice al levantarse, haciendo ver que la conversación termina aquí—, pero tienes que conseguir que los demás también piensen que lo eres.

Vaya, eso suena peligrosamente parecido a lo que me ha dicho por radio Olegario esta misma mañana. Parece que hay cierta movilización a mi alrededor.

—Está bien —digo tras pensármelo un segundo—. Le devolveré el libro, que es lo que me pidió. Pero él me dejará en paz, y si no lo hace irás tú a mediar.

—Prometido. Y luego vendré a por más limonada.

Nos sonreímos.

O le gusto remotamente o es que no estoy en su liga ni por asomo y me mantiene en la *friendzone*. Tendrá que verse rapidito, que ya tengo una edad y no ando para jugar al gato y al ratón. Y mañana sin falta le pienso llevar al ruso el grimorio ese del gusano que tanto quiere, que ya no lo aguanto más. Hasta puede que me esté provocando las pesadillas en vez de darme sueño.

El chaval se despide con dos besos, se marcha y me deja al fin sola.

Le escribo otro mensaje a Mara y ni se le enciende el *double check* ese que marca que lo ha visto. Me ha abandonado lo mismo que Mao. Ha sido irse el guaperas y se me ha vuelto a llenar el porche de gatos. No sé qué les pasa. Deben de andar desquiciados porque el macho alfa ha salido, o algo así.

Suspiro al coger el cavaquinho.

Canturreo algo sobre ser la loca de los gatos, luego algo sobre tirarme al apicultor, pero nada termina de sonarme bien. Empieza a anochecer. Entro en la casa, enciendo la emisora y el horno. Me haré la cena y consultaré mis jaquecas con la almohada.

Está claro que me he pasado tres pueblos con el ruso. Conque esto es un puzle de dos piezas. Mañana, por mucha ansiedad que me produzca, me planto en su casa. Está decidido.

A ver si así vuelven mis amigos. Que ya no tengo con quién hablar.

—Alexa, ¿qué es un psicopompo?

—De *Wikipedia*: «Un psicopompo es un ser sobrenatural que, en las mitologías o religiones, se ocupa de conducir a los espíritus hacia el otro mundo, ya sea el cielo o los infiernos. La voz proviene del griego ψυχοπομπός (*psychopompós*) que se compone de *psyché*, "alma", y *pompós*, "el que guía o conduce". Los psicopompos han sido representados en diferentes épocas y diferentes culturas como entidades antropomórficas, caballos, venados, perros, cuervos, gatos, chotacabras...».

Almas en un asilo y un gatete para moverlas. ¿Es eso? En fin, qué fascinante es la vida en el pantano.

—Alexa, pon música de Poppy.

Día cincuenta y dos

En el que visito al Brujo de Larvas en su agujero con cámaras IP y locura domotizada

Aparco la vieja Apartagatos junto a la verja que cierra la finca de Serguéi Kuznetsova, saco su libro para zumbados de la cesta del manillar y también la bolsa de manzanas que le traigo a modo de pipa de la paz, lo dejo todo en el suelo un momento para atusarme y alisarme el mono vaquero. Acto seguido, me tenso la coleta, recojo todo, recompongo la postura y llamo al timbre con el tatu del codo, que es una llave. Me lo hice el verano en el que trabajé de buzoneadora, esto es, repartiendo folletos publicitarios a domicilio. Creo que por eso me llaman Clau en este sitio, pero a saber.

El caso es que hago sonar el timbre otras dos veces y no se escucha nada ni sucede cosa alguna dentro de la casa. Algo debería haber llegado a sus oídos, que la finca tiene cables por doquier y el coche está tras la portillera. ¿Tendré que entrar saltando la valla o arrojarle sus cosas por encima?

Me ha llevado su tiempo, pero al final me he decidido a

devolverle el tocho infumable ese de los misterios del gusano, encuadernado en piel y sin ISBN ni depósito legal o página de créditos. No he entendido ni he querido entender un carajo de todo lo demencial que contiene, entre versos, salmos y demás chaladuras, pero buenos disgustos me ha dado el tocho a base de provocarme pesadilla tras pesadilla. A partir de esta misma noche pienso dormirme leyendo manuales de horticultura. Que ya está bien.

Aguardo otro minuto mientras me quedo mirando la finca. La tiene toda domotizada, con cámaras IP por los árboles y lo que parecen sensores de movimiento y de infrarrojos desplegados a espuertas. Está visto que es un flipado de la tecnología; entre eso, los drones, la de páginas web y perfiles en redes sociales que ha ido espurreando por internet... y la cantidad de antenas raras que le pueblan techos, espantajos, postes, troncos y paredes... Menudo fulano. Pero ¿el timbre le funciona o qué?

Estoy a punto de pulsarlo otra vez cuando la verja se abre de par en par, sin chasquido y sin que zumbe ningún motorcillo o suene un automatismo, en total silencio y muy violentamente.

Tras reponerme del sobresalto, me imagino al ruso afinando los aparatos para que den susto o parezca que se abren con brujería o algo de eso, aunque lo cierto es que, con todo lo que he visto desde que vine a este sitio, a veces me pregunto si no tendré que ir pensando en enterrar definitivamente lo que queda de mi escepticismo. O yo qué sé.

En fin, supongo que tampoco pasa nada por que me plante en su porche y le ponga el libro en la mesa, ¿no es eso lo que me pidió? Pues lo dejo ahí, coronado con un buen lote de las golden que me sobran a cascoporro gracias a lo prolífico de mi manzanar, y listos. Ya le diré por radio que solo quiero que me deje tranquila y que el otro día lo mismo me pasé un poco sacando la escopeta. Más que nada porque lo penúltimo que me apetece es verlo y lo último, disculparme.

Así que entro en su finca, dejo atrás la portillera hasta alcanzar el primer peldaño del porche, pongo el libro en la mesa y le coloco la bolsa de manzanas encima.

Es uno de mis saquitos más cucos de macramé; tiene su aquel, es lila, está hecho con amor, como las manzanas. A mi juicio, un bonito detalle, presente propio de un ser adorable que te ofrece una tregua, pero a saber cómo lo entiende el tipejo este.

—Y así, con el fruto del manzano, fue como Eva arrastró a Adán a los infiernos de la realidad —estalla la voz de la anciana jorobada al otro lado de la cortina que guarda el interior de la casa de Serguéi.

La anciana de pronto asoma lo ganchudo de su nariz a través de las cuerdas del cortinaje, y luego saca parte de la cara, lo justo para espetarme con la mirada.

—Oh, qué ingenioso es eso —contesto, supongo que para disimular a duras penas el sobresalto que me acaba de propinar, a mala fe y tras acecharme—. Pero me temo que

Eva le dio a Adán una manzana y esto son como cuatro kilos o así. Por no mencionar que ellos eran pareja y que usted es demasiado fea para ser la serpiente.

Y remato con una sonrisa gamberra, para distender o quitarle hierro a la faltada, yo qué sé... Esta gente empieza a darme escalofríos. Tanto que a menudo ya me los tomo a broma. Me brotan los chascarrillos cosa mala cuando los tengo cerca.

—Trátanos con respeto —contesta ella con la voz cada vez más ronca—. ¿Eres tú la llave, o solo otro fantasma burlón de los del pantano?

—No-no-no-nosotros abriremos la puerta para que la cierres tú el domingo, sí —interrumpe tartamudo de pronto el chaval de los brazos enganchados, que aparece tras la vieja—. Pe-pe-pe-pero eso no nos convierte en tus sirvientes, ni en algo de lo que te puedas mofar.

Me lo pone difícil al pedirme que no me mofe si es él quien piensa abrirme una puerta, con esa distonía tan grave y esos espasmos que tiene por toda motricidad en las extremidades superiores, pero está feo burlarse de la gente con problemas así. Y ojo, que de los tics de su cara para qué y cómo vamos a hablar sin faltar.

¿Y qué está haciendo un tío tan práctico como Serguéi con estos? ¿Va a rodar un *remake* de *La parada de los monstruos* o es que acoge a todos los enfermos de la huerta? Será que le siguen ante todo los desvalidos y los desesperados, como suele suceder con los falsos profetas y los charlatanes.

¿Les habrá prometido alguna forma de curación o de redención por sus pecados?

Suspiro con resignación.

—Yo solo venía a devolverle el libro a Serguéi, y a pediros disculpas por mis modales del otro día —digo, ya en tono conciliador—. Las manzanas no son más que un detallito de buena voluntad.

—En realidad —dice el acento ruso de Serguéi detrás de mí, ni idea de dónde andaría metido— no fue una manzana lo que Eva le dio a Adán, sino un higo. Así lo recoge la Biblia en ruso, lo de vuestra manzana no es más que un error de traducción.

—Anda, qué curioso y qué importante todo. —Ahora sí me mofo.

—Lo podrías haber visto en el bodegón de mi hermano, el que le regalé a Fermín, el cuadro que vive encima de tu chimenea. Lo sabrías si supieras apreciar los libros antiguos y las grandes traducciones, como esta.

Y se acerca enseguida al viejo grimorio que le acabo de devolver, aparta el saquito de macramé y coge el tocho de la mesa como si fuera un bebé o una obra de artesanía muy delicada, lo examina con gestos complacidos, lo hojea por un momento. A las manzanas ni caso. Y a mí tampoco. Yo solo lo miro sin saber dónde meterme.

—Bueno, espero que con esto estemos bien —digo, y hago ademán de volverme hacia Apartagatos—. Yo solo he venido para tratar de arreglar las cosas con vosotros, pero ya veo que andáis fatal de lo vuestro y me da que no va a funcionar. Higos ya os traeré para la próxima intentona de tregua —sigo diciendo cuando me encamino hacia la salida—, que en cuanto llegue el verano apuesto a que tendré un excedente brutal, a juzgar por lo hermosa que se me ha puesto la higuera con tanta lluvia y…

—Nos vemos el sábado en el palafito, muchacha —me interrumpe Serguéi, alzando el libro por encima de su cabeza como si lo pusiera por testigo de sus palabras—. Sabes bien que a medianoche romperá la tormenta definitiva de este ciclo lunar. La usaremos, lo mismo que al libro, para llamar al gusano.

—Sí, sí, pues nada —contesto levantando mucho las cejas—, llamad al gusano ese y tal, que yo para el sábado tengo planes y…

—No quieras acabar como Fermín —me corta el enorme señor amarillo de la ropa estrecha, que sale de una cabaña de aperos que hay disimulada justo tras la verja y me cierra el paso, haciéndome caer en la cuenta de que probablemente Serguéi estuviera también ahí cuando me he metido en su finca.

—Fermín no quiso sellarnos el primer ritual y por eso los socavadores exigen tu presencia en su lugar. Tú serás la llave. Tú saltarás al abismo la última y cerrarás la puerta. Solo falta ver si lo piensas oficiar viva o muerta.

Eso ya ha sonado muy feo, no sé si rodear al señor amarillo y largarme o qué. Dudo un momento y al final decido armarme de valor y coger el toro por los cuernos.

—¿Oficiar? —le pregunto a Serguéi, tras volverme para mirarlo a los ojos—. ¿Pretendes que tome parte en una de las misas absurdas que salen en el libro ese? Pues yo soy atea, vuestro libro me ha parecido todo un monumento a la diarrea mental y no me interesa saber más acerca de vuestras chaladuras.

Me pongo a rodear al señor amarillo sin dejar de hablar:

—Os repito que solo aspiro a que me dejéis estar a lo mío. Me da igual si os habéis montado una catedral espeluznante en la caseta flotante esa que tenéis en el centro del pantano, bastante hago con seguir teniendo paciencia para visitaros aquí y...

—¡Vamos a volar este sitio, Claudia! —me interrumpe Serguéi—. El sábado encenderemos la luz, haremos caminar a los muertos, bailaremos a la tormenta y cantaremos hasta que venga el enorme Chawdde-M'ell, para que le haga a este pantano lo que le hizo al de Tunguska. Muchos morirán en la deflagración de gas, serán sacrificados, purificados por el fuego blanco, y muchas de mis larvas se inmolarán al marchar con la luz hacia nuevas vidas y nuevas realidades.

Un rumor sordo se desparrama entre sus acólitos, que asienten, jalean por lo bajo, hacen aspavientos.

—Nuevas vidas —insiste, enardecido por el efecto de la asamblea—. Y nuevas realidades. El gusano abrirá la puerta para todos y tú serás la llave que la cerrará.

Yo solo niego con la cabeza y camino en dirección a Apartagatos.

En la portillera de la finca de Serguéi se van arracimando frente a él, bien juntas y furiosas, todas sus larvas para verme marchar; salen del huerto, de la casa, de la cabaña de los aperos, tras los árboles... Mientras alcanzo la bici, la tomo del manillar, me subo al sillín y pongo un pie en un pedal, se compone ante mis ojos una escena con el elenco al completo, entre otros desgraciados a los que todavía no consigo situar: el enorme señor amarillo, los gemelos rusos trasquilados que se tiran todo el rato cuchicheando entre ellos, la bruja de la cifosis, el chaval siempre electrocutado, el padre de Mara y su demencia senil...

Los *freaks* de entre los *freaks.*

—Mi hija pronto estará con nosotros —dice el padre de Mara, sin dejar de mirar la copa de uno de los árboles más altos.

Y sé que me lo dice a mí, porque Mara me ha contado que hace muchos años que no lo oye hablar y yo ya es la tercera vez que escucho su voz.

Pienso un momento en Mara, en lo que dijo sobre el asilo de almas, en la forma en que todos los desechos sociales terminamos exiliados en el pantano, en cómo la luz de los muertos nos atrae a todos los desesperados hasta aquí, ni que fuéramos mosquitos; pienso en Serguéi como el farero supremo, el flautista de la emisora, el mago del circo, el pastor del apocalipsis.

—Así que eso es lo que les has prometido —le digo a Serguéi, señalando a su gente con la cabeza y afilando el tono de desprecio—, «nueva vida y nueva realidad». Por eso te siguen los que te siguen y no la gente como Fermín, porque pareces capaz de pedirles que se sacrifiquen por la causa, como los davidianos en Waco.

Él solo esboza una sonrisa amarga.

—Los míos se salvarán, ya sea de un modo u otro. A los demás se los llevará la tormenta final.

Y los suyos vuelven a asentir con la mirada, a hacer gestos de aprobación y de alborozo; la vieja bruja da gracias al suelo, que no al cielo, y el señor amarillo bate palmas. Entonces pienso en cómo ve todo esto Alicia y me sale un discurso sumario de los suyos:

—Mira, Serguéi, en este sitio todos tenemos muy poquito que perder, así que no me extraña que tú te rodees de la gente que quiere que arda todo..., pero respeta a los que preferimos cultivar fruta en vez de pegarle fuego al pantano. ¿Qué esperas, que en el próximo diluvio universal se os lleve al infierno una tromba de agua de las que arrasan todo? ¿Que os fulmine un rayo globular al pegarle fuego a una burbuja de metano? ¿O mejor inhalar una de ácido sulfhídrico, de las que producen unas alucinaciones más gordas que las de tu libro? Pues sigue celebrando tus fiestas en la choza flotante esa. Diviértete con tus amigos, pero a mí déjame estar.

Y me marcho.

Ellos no se mueven ni un ápice, yo echo a rodar y me voy.

Serguéi vuelve a hacer el gesto ese con las zarpas, el que hizo para abrir la verja de Finca Elisa, así como si quisiera salpicar al frente tras lavarse las manos: extiende los dedos enérgicamente y los portones de la verja de la finca se cierran en cuanto me arranco a pedalear, con muchísima violencia pero demasiado silencio.

Buen truco.

Tendré que aprendérmelo o algo.

Día cincuenta y cinco

En el que se desata el tormentor, se inicia el canto, se oye la voz y se enciende la luz

Amanece el cielo más negro del mundo, tan oscuro que sin el reloj no sabría decir si es que todavía es de noche y el resplandor que arde al fondo de las nubes es el de la tempestad que se va a desatar en nada.

—Hermanito…, que no estoy de la olla otra vez —lloriqueo al altavoz inteligente con el que atiendo el telefonazo—. Que hay algo más, que aquí está pasando algo extraordinario, algo que no se puede explicar bien.

—¿Todavía con eso? Mira, al final voy a tener que plantarme ahí…

—No, ni de coña. Aquí no vengas. Es peligroso. Esto va a estallar.

Se queda un momento en silencio, supongo que pensando qué hacer conmigo, y al final decide ignorar lo que acabo de decir y sigue con lo suyo:

—He intentado ver cómo está lo de comprar billetes,

pero tenéis cerrado el espacio aéreo y cortadas las vías de tren, por lo del pedazo fenómeno atmosférico que se prevé ahí para esta noche, hay que joderse con el cambio climático. Pero en cuanto pase el temporal me tienes contigo. Lo juro.

—Mira, aquí va a suceder algo brutal, algo que no entenderías, que es horroroso. Y yo aún no sé lo que voy a hacer exactamente. Pero no sufras, que saldré adelante, sabes que siempre lo hago.

—Claudia, escúchame bien y corta ya ese rollo. Quiero que dejes de fumar, que vuelvas a medicarte y que llames a la psiquiatra cuanto antes. También que tengas muchísimo cuidado con la tormenta en esa cabaña sin papeles en la que te has metido a vivir. ¿Me oyes? Aguanta hasta que escampe, que enseguida voy a ayudarte. Y me ocupo de lo que te está pasando, tranquila.

Y le digo que le quiero, y pido a Alexa que cuelgue.

Y ya me he quedado completamente sola.

Al poco, el móvil empieza a sonar como un submarino soviético a punto de entrar en inmersión y es una alerta de Protección Civil: la Agencia de Seguridad y Emergencias me ordena permanecer durante las próximas horas en mi domicilio y no coger el coche si no es estrictamente necesario. Éramos pocos y parió la abuela.

Echo en falta a Mao, al apicultor, a Mara…, todo eso se ha ido y ahora viene en su lugar una señora tormenta. La que cierra el calendario de Fermín y sepulta esta historia, la que me ha vendido Serguéi para el *rock'n roll* del sábado noche, la que me apuesto que volverá a arrasar mi finca.

Porque el gusano ese no sé, pero a media tarde sí que parece que un huracán vaya a bajar a verme. Ya he recogido y atado todo en corto. Tengo en alto hasta las bombonas de butano de Finca Elisa. Va a tempestar como si no hubiera un mañana, me espero la hecatombe hacia la hora de cenar, así que me encierro en casa nada más notar que apesta a ozono y ver que pasa volando primero materia vegetal y luego mineral.

Y después rayos y detonaciones de luz blanca que ruego por que no sean deflagraciones de gas natural.

Hasta aquí es lo que más o menos me esperaba, lo de la vez pasada, pero me da que hoy no se va a quedar en lo mismo, algo me dice que habrá magia y locura y muerte y calamidad. Antes me hacía falta Mao para verlo claro, ahora ya no.

Así que me vuelco en lo único que me queda: liarme un canuto bien gordo con el cogollo más resinoso que me dio Mara. Lo estaba guardando para un momento especial, y nada como una tempestad de las que azotan este sitio porque yo qué sé… Total, tampoco se puede hacer nada mientras duran. Me veo encerrada en Finca Elisa durante muchas horas y pasándolo mal por si se me lleva una riada, así que, a falta de algo más fuerte, me pongo fina y me fumo toda la marihuana a cara de perro.

Y me coge un amarillo y tengo que tumbarme y comerme un limón. La lipotimia me deja fina y paso un rato que no sé si estoy inconsciente o flipando porque me patinan todas las neuras y las neuronas y termino medio hablando con la anguila del bodegón.

Esta es la clase de pelotazo que se supone que alguien con un cuadro psiquiátrico como el mío nunca tendría que cogerse, pero es que también se supone que estas tormentas nunca tendrían que producirse así, qué demonios.

Cae un rayo terrorífico muy cerca y me despejo un poco del susto. Pienso en la de fulguritas que obrará tanto aparato eléctrico por estos suelos. En ponerle al mal tiempo buena cara. Y me entra una risa nerviosa y luego me dan arcadas.

—Alexa —digo en cuanto dejo de hiperventilar—, dime cuándo te quedarás sin acceso a internet.

—La calidad de la señal de tu wifi es buena.

—Estupendo. Alexa, dime cuál es el pronóstico del tiempo aquí, que me quiero reír.

—En previsión del temporal inminente ya se ha activado una alerta roja para todo el marjal. Podría llover más de doscientos litros por metro cuadrado en tan solo una hora, con acumulados importantes capaces de verter hasta el amanecer. Se recomienda a los vecinos no salir de sus casas y no coger sus coches.

—Fantástico. Alexa, ahora llama a Alicia.

—No quiero que hables con Alicia.

Alucino.

—¿Qué?

—Que no te voy a pasar con la vigilante de seguridad, lunática de mierda. Púdrete.

Otro rayo cae cerca, demasiado cerca de la casa. Algo estalla como un obús donde tengo los frutales.

Y se lleva la electricidad consigo.

En su lugar trae una oscuridad espesa y un estruendo de riada, de tromba de agua fregando el mundo a partir de mi porche.

Pero mi altavoz inteligente sigue con los LED encendidos, esperando una respuesta, el muy cabrón. La luz de la cocina se ha ido al infierno, tengo solo la de Alexa (si es que ESO que tiene la voz de Alexa es Alexa) y, al fondo del pasillo, la de la emisora de radio del rincón de pensar de Fermín, junto a la salida de la casa.

—Alexa, llama a Alicia —insisto.

—Claudia, hija de puta, no pienso llamar ni a la ambulancia que te hará falta en nada.

Corro a por el móvil y me quedo junto a la emisora de radio. La luz del altavoz inteligente se pone a dar chisparrazos y fogonazos casi tanto como la tormenta, que apenas me alcanza a través de las persianas, cuando un rayo cae justo sobre el pararrayos (la antena de radio) de Finca Elisa.

La tormenta me avienta un latigazo atroz y veo cómo el cable que sale de mi techo para conectarse a la emisora se pone incandescente, cómo el rayo penetra en mi casa hasta meterse dentro de la radio y cómo el instrumental y los paneles de la emisora se encienden de repente con la luz de los muertos.

La tempestad cruza los cielos y ha entrado en mi casa por todo lo alto, se ha colado dentro de la emisora para sacar la voz de Serguéi por el altavoz:

—Esta noche vamos a volar todo el maldito pantano, chica-llave. No dudes que lo haremos, contigo o con tu cadáver. Cantaremos a los que socavan las profundidades para que salgan a bailar a la atmósfera. Y tú vendrás al ritual, porque eres parte de esto, porque así lo exige el gusano. Ahora acude a él o ve a la cabaña de los aperos a volarte la cabeza.

Y se hace un silencio de espanto que apaga las últimas luces y me hunde en una negrura en la que me siento invadida, perdida y pequeña.

—Sal, Claudia, sal a ver bailar al gusano —insiste la radio, esta vez con la voz de la anciana jorobada.

Y sin luces.

Estoy a oscuras con las voces de mi alquería maldita.

Hay una parte de mí que sigue tratando de ser racional y piensa que igual estoy alucinando espantosamente. La otra ya hace tiempo que no quiere ver más.

—¿Claudia? ¡Claudia! —dice la voz de Mara.

Busco a tientas el micro y contesto:

—¿Mara? Mara, ¿dónde estás? Cambio.

—En un sitio muy oscuro, cariño. Aquí todo es barro y descomposición. Naturaleza muerta. Allá donde miro, todo brilla con la luz de los fuegos fatuos, Claudia. Pronto lo hará para ti.

—¿Mara? Mara, da posición, de inmediato. Mara…, ¿te han hecho algo?

—Oh, me han puesto a ver la magia, nena. Es hermosa. Ven a verla tú también.

Cae otro rayo y por poco me vuela la mano con la que sujeto el micro porque hace que estalle la radio junto con Alexa. Me apresto a agarrar un cazo a oscuras, llenarlo de agua y echarla sobre las llamas de la emisora.

¿Todo se ha ido al infierno y afuera la tormenta se dispone a arrasar el mundo? ¿Conmigo quieta?

Enciendo el móvil. No tiene cobertura pero sí mucha batería, un buen *flash* y un aislamiento IP69K que lo hace inmune a la lluvia y capaz de tomar un baño más rato que yo. Es una obra de arte china que me tiene a su merced a partir de ahora, porque afuera solo está la luz de la tormenta y la del pantano, la de los muertos. Si quiero ver algo por mí misma dependo de la linterna del teléfono.

La uso para coger la escopeta y cargarla, agarrar la brújula de Fermín (sin apenas mirarla cuando gira como un trompo desquiciado), ponerme a toda velocidad el mono de arar, pimplarme de un trago todo el licor de Mara que me queda y salir en plena noche a la tormenta, con una intoxicación que no sé si me aclaro, pero con valor como para hacer frente a casi cualquier cosa.

No me marcho sin antes dejar un mensaje a Alicia en la bandeja de salida del teléfono, por si en algún momento volviera la cobertura y consigue entregarse. Luego marco en el

GPS la ubicación del palafito en el centro de las marismas, el templo de Serguéi, a dos kilómetros y medio de aquí.

Dan las doce cuando dejo atrás Finca Elisa, armada y dispuesta a verme las caras con algo muy chungo y muy raro que está pasando en este sitio. Que no entiendo.

Lo mismo que no entiendo si eso que lo ha sacudido todo será la tormenta, un temblor de tierra o la curda que llevo. Tres cosas mal conectadas.

Pero yo soy solamente yo, y si esto me supera será porque no es de este mundo.

Noche cincuenta y cinco

Al final veré bailar al gusano

La espesa cortina de lluvia que me recibe parece capaz de mandarme al barro en cuanto salgo a cielo abierto.

Abierto por mil grietas en cada rayo.

El firmamento ruge como un animal enjaulado, embiste con cada vendaval. Daría para rendirse, pero eso ya hace tiempo que no cotiza.

Estudio un poco el marrón. A ratos la cosa rachea, o amaina y da un respiro, conque reculo para aguardar unos segundos bajo el porche, unos segundos que apenas me dan para cruzar la verja cuando vuelve a arreciar enseguida.

Salgo al camino y noto cómo el agua me corre ora por los tobillos, ora por las rodillas, según donde pise. También se me mete bajo la capucha y me chorrea helada espalda abajo, y no sé decir si eso me despeja o si todavía me pone peor, me siento febril, pero también atenazada por el miedo. El pantano al completo está siendo arrasado por la tempestad, que se apremia en arramblar con la huerta, en alisar todas las fincas ganadas al humedal, arrancando terruños, caballones, sembrados. De pronto el marjal entero es una acequia, pero yo camino y camino, chapoteo como puedo, a trancas y barrancas, dejándome la musculatura en el proceso, dando grandes zancadas, pasos en falso que me hunden en el agua hasta la cintura cuando piso donde falta a saber qué sólido.

No llevo ni doscientos metros y casi no alcanzo a situarme, no sé decir a ciencia cierta dónde estoy, pese a saberme cerca de mi casa. Me encuentro en mitad de un ajuste de cuentas del medio con la realidad, del salvajismo de la naturaleza al desnaturalizarse y de la oscuridad al reinar sobre todo.

Porque apenas veo cuando rachea fuerte. Si la tormenta se encabrona no me da ni para distinguir lindes y parcelas, y es que la linterna del móvil a menudo no puede con el aguacero, con el espesor de la lluvia; necesito que escampe un segundo, que haya aparato eléctrico o que arrecie el vendaval para poder ver algo que no esté delante de mis narices.

Estalla un rayo y únicamente reconozco las formas de algunos árboles lo bastante familiares como para orientarme y así dar un par de pasos. Los doy y ya solo me queda jugármela a hundirme hasta la cadera en el fango. Doy otros diez y no sé decir ni en qué finca me he metido exactamente, solo que se me lleva una tempestad de las de alerta roja; pero ya empieza a darme igual.

Porque a lo lejos, en el horizonte, arde una luz blanca

increíble, nuclear, demencial. Mucho más terrible que la de la tormenta anterior.

Esta no es como un faro, sino como el sol, pero en enfermo: un agujero blanco de la realidad, completamente imposible, más frío que un foco LED. Un suceso horrible del cosmos que no puede seguir mucho ahí.

Y no viene solo.

Porque a ratos percibo contra la blancura la figura de algo, alargado y vivo, que se sacude a contraluz.

Que baila.

El gusano.

Podría perfectamente tratarse de un tornado, pero no se limita a enroscarse, no se mueve como una peonza. Parece más bien un monstruo del pantano, uno inmenso, y está meciéndose con la tormenta, a lo lejos, pero obscenamente expuesto a lo sobrenatural del resplandor.

¿En serio tengo que creer que los fogonazos del metano al incendiarse con los rayos pueden dar lugar a algo tan deslumbrante? Apenas consigo pensar ahora mismo, todo sucede muy deprisa y actúo más por miedo y por instinto, porque tampoco alcanzo a mirar mucho al frente.

Ya no es que la corriente de agua amenace con llevarme consigo o me arranque los pies del suelo, es que arrastra lodazales densos, enseres, frutales, gatos, pasaportes; y, de tanto en tanto, estalla.

Estalla cada vez que emergen inmensas burbujas de metano de las profundidades del suelo. Cuando afloran, cada dos por tres, bolsas de vapores encarroñados. Pura naturaleza muerta.

Porque también sucede que estamos cociéndonos en una olla de gas natural, de depósitos de aire en descomposición que apestan a huevo podrido en el nido, a gente muerta del ascazo, a vómito del resacón de Dios, a pedos del núcleo del planeta. Que estallan de tanto en tanto, lo mismo que los relámpagos.

Y cuando se junten lo uno y lo otro, el pantano va a funcionar igual que un mechero: gas a chorro y un fogonazo a juego que lo hará pasto de las llamas.

Puede que sea solo otro rayo globular, otra detonación de gas inflamable con la chispa del aparato eléctrico de la tormenta, y puede que inicie la reacción en cadena que nos mate a todos; que una explosión particularmente grande vuele consigo la bolsa de gas de al lado, que a su vez haga estallar varias más grandes y profundas hasta armar una traca definitiva, y que todo el humedal de aquí a altamar se convierta en un inmenso petardo cósmico.

A esto se refería el veterinario, esto es lo que celebra el mago loco del lugar. Lo de Tunguska.

Y lo que baila el gusano.

Porque baila y baila. ¿O está perforando?

Me afano en zanquear por donde parece más firme el suelo, unas veces busco el camino mirando el GPS del móvil, otras a la luz de la linterna, otras a la luz del gusano y otras, cuando la tormenta no me da un respiro o no me aclaro con nada, miro la brújula de Fermín. ¿No es así, presa del caos, como avanzaba el padre de Mara la noche que lo sorprendí yendo al palafito de Serguéi? ¿No estoy en su mismo trance?

De pronto piso algo blando y me sorprende el afloramiento de una burbuja de gas venenoso, que me explota justo bajo los pies y me lanza varios metros adelante.

Por poco suelto el móvil, por menos casi suelto la brújula. Trago agua negra y helada, me siento arrastrar por la corriente un trecho interminable hasta que consigo hacer pie de nuevo, justo para descubrir que inhalar ese gas del infierno no es buena idea, porque estoy terriblemente mareada y tengo ganas de vomitar.

Y entonces, cuando tomo conciencia de lo peligroso que es inhalar ácido sulfhídrico y me pregunto si no me habré vuelto loca del todo entre la hierba que me he fumado y el licor de Mara, viene algo más. Lo más gordo.

Noto que se sacude ya no el pantano al completo, sino la titánica placa de roca sobre la que se supone que se asienta.

No es un temblor, no es un corrimiento de tierras, hay un señor terremoto bullendo ahí abajo. Justo bajo mis pies. O algo similar, porque todo parece zarandearse de una manera demasiado insoportable, capaz de hacer que no quieras vivir en la corteza terrestre un segundo más. Un terrible rayo globular ilumina la parcela en la que me encuentro y veo los árboles bailar como baila el gusano al fondo. El marjal se estremece, se agita, convulso, va a fallecer o algo. Esto se va a liar.

O detengo el ritual o ese maldito brujo chalado realmente conseguirá volar este sitio.

Una deflagración de gas terrible, con toda su llama, se produce a una distancia preocupante y, en un momento en que la brújula me indica claro el ángulo de ataque, me arranco a correr a lo loco, no sé si llevada por el miedo o por la sensación de haber perdido completamente el control de todo, pero avanzo a gritos contra la tempestad, sin poder evitar que la parte de mí que va claudicando insista en que no voy a aguantar esto durante dos kilómetros y medio. En que debería volver a casa y dar la tempestad por impracticable.

Pero va a ser que no. Corro y corro hasta que la tormenta me da otro respiro y mengua en un discreto aguacero que se mece en el vendaval, justo cuando me cierra el paso un cañar.

Un zarzo espeso, pero tan azotado por la tempestad que todas sus cañas se ven presas de mil espasmos; es más ataque de epilepsia que cañaveral.

Y tiene algo bullendo dentro. Algo grande y pesado que se mueve despacio. De color rosa chicle. Que lleva puesto un camisón y trae de satélites dos enormes gansos blancos que le revolotean cerca, voznando y graznando como si los fueran a escabechar.

—¿Mara?

Enfoco con el teléfono y apenas consigo distinguirla. Se me aproxima un poco, a grandes pisadas, y entonces un fogonazo paranormal del resplandor la ilumina de arriba abajo y, sí, es Mara.

Lo que han dejado de ella.

Lleva un babero de sangre justo debajo del surco por el que la han degollado. Con él ya luce dos sonrisas.

No comprendo cómo no se ha desangrado ya. Tampoco cómo puede arrancar del suelo lo que parece un mojón de finca, un ripio de roca blanca más grande que los que flanquean mi parcela, que debe de pesar más de cien kilos. Lo levanta sin esfuerzo aparente y se vuelve con él hacia mí.

No es que me enfoque con la mirada, porque no creo que las centellas de luz blanca que tiene en vez de ojos sirvan para ver. Le arden dos fuegos fatuos en las cuencas, lleva una chiribita de las del pantano donde antes había globos oculares. Tiene la mirada de las criaturas de este sitio, la misma que los gatos, que la anguila de la acequia, que...

—¡Mara! Mara, ¿qué te han hecho?

Pero Mara no responde, solo vomita un chorro de larvas blancas y me arroja el cacharro de roca como si fuera de cartón.

Y por poco me aplasta con él. A duras penas consigo apartarme a tiempo.

Cuando el pedrusco cae justo a mi lado, la onda expansiva del agua basta para tirarme al suelo. De nuevo estoy a poco de perder el móvil y la brújula; ya lo habría hecho de no estar aferrándome a ellos por mi vida.

—¡Mara! Mara, por favor.

Mara la monstrua ni responde ni deja de sonreír, musita algo que no se oye con la tempestad pero que los gansos escuchan a la perfección, porque echan a volar hacia mí enseguida, mientras ella camina hasta el final del cañar, a largas zancadas, con un vigor y una agilidad sobrenaturales, impropios de ella, materialmente imposibles en medio de la riada en la que nos encontramos. Alcanza en cuatro pasos un modesto pero robusto frutal, algún tipo de cítrico, lo agarra del tronco con sus manazas y tira de él. Apuesto a que en nada lo descuaja de un tirón.

No es Mara eso. Es una blasfemia que perfectamente me puede matar aquí y ahora. Me decido a meterme la brújula en el bolsillo y a sacar la escopeta que llevo colgada a la espalda por la cincha. Le quito el seguro, la amartillo y disparo al aire.

Pero parece que se ha mojado demasiado, porque no hay tiro, solo se escucha un chasquido cuando se me echa encima uno de los gansos.

Siento un terrible picotazo en un costado y me doblo hacia un lado, dolida, justo para darme de bruces con el otro pajarraco, al que apenas distingo en la oscuridad, pero que grazna al aletear para alcanzarme.

Estoy desarmada pero no del todo, así que opto por meterme el móvil en el bolsillo del peto y coger la escopeta por el cañón para usarla igual que un bate de béisbol y asestarle un culatazo al animal con todas mis fuerzas. A dos manos.

Se escucha un crujido, como si acabara de destazar al animal de un hachazo, saltan mil plumas y enseguida sé que me he cargado al bicho porque un rayo me enseña su cuello doblado terriblemente cuando se lo llevan el barullo del agua y la negrura.

Me giro de inmediato hacia el otro ganso blandiendo el arma a un lado y otro, y me parece que consigo ahuyentarlo hasta que comprendo que probablemente lo haya hecho un tiento de la riada. No sé, apenas veo nada, solo que el pajarraco se larga bien lejos de pronto. Y no puedo evitar acordarme de un chiste acerca de los apuros de un pato en altamar, porque estos serán animales muy fieros, pero para nadar necesitan agua estancada.

Saco otra vez el móvil en modo linterna y me vuelvo hacia Mara para descubrir cómo corre hacia mí, chapoteando con la fuerza de un molino, como si el fango y su obesidad mórbida no plantearan el menor límite físico.

Hay un momento de oscuridad profunda en el que no atino a enfocar nada más que las dos centellas que tiene por ojos, hasta que la distingo a la luz de un relámpago y ya la tengo encima, enarbolando el naranjo sobre su cabeza para descargarme un golpe con él, derribarme y mandarme a lidiar con la fuerza del agua, que se me lleva un rato.

Me habría roto algo de no ser porque el follaje y lo elástico del ramaje han amortiguado el golpe lo suficiente como para que se quede en magulladura, pero no creo que resista otro igual.

Me duele el costado, me duele el hombro, me fallan las piernas. A duras penas consigo incorporarme y me pregunto si ese muerto viviente que han hecho con la pobre Mara va a matarme aquí o no.

No me siento capaz de huir ni tampoco de plantar batalla. No se me ocurre qué hacer, estoy aturdida y asustada, y no veo nada hasta que estalla otro rayo globular enorme muy cerca para enseñarme cómo Mara se arranca a correr en mi dirección.

Con una vara de acero de las de estacar nogales.

—Mara, pero ¿qué te han hecho? ¡Tú eras mi amiga!

—Voy a llevarte al rito y voy a ofrendarte muerta al agujero —dice la monstrua con una carcajada en cuanto el trueno escampa y se me acerca lo suficiente.

Justo cuando ya se dispone a matarme, nos interrumpen otras dos luces, pero no de las del gusano, sino dos focos que se aproximan a toda velocidad.

Los del enorme todoterreno de la guarda de la huerta.

—¡Alicia! —grito.

Y echo a correr hacia los faros de su coche, arrojando la escopeta de Fermín por el camino.

Ella detiene el coche a pocos metros de mí y sale a la tormenta.

Con algo que no sé si es una escopeta policial o un fusil de asalto en ristre.

Entonces todo sucede muy rápido. Alicia le da el alto a Mara, Mara ruge a mi espalda, siento un golpe en la cabeza y me caigo. Otro más así y ya no lo cuento. Estoy a punto de darme por muerta cuando saco la cabeza del barro y escucho a Alicia bramando un ultimátum.

Luego oigo cómo abre fuego. Varias veces.

Y me hago cargo de que Alicia Ordóñez acaba de cargarse a la monstrua cuando la corriente se la lleva.

Porque veo pasar por mi lado el cuerpo enorme y aún vestido de rosa de la que fue mi mejor amiga en años, flotando boca abajo se la lleva el torrente junto con lo que parecen postes de vallar, un colchón, mil papeles, tela de plástico de la de proteger los sembrados, placas de un tejado de chapa corrugada, un neumático que solía ser un columpio, un peral enano, pasaportes... ¿Esos tablones eran los de la tapa de mi alberca?

Entro trastabillando en el coche, que tiene un palmo de agua dentro del habitáculo, y Alicia hace otro tanto; deja el arma junto al freno de mano, enciende la luz del techo y me hace cerrar la puerta para que la tormenta quede fuera y podamos hablar. Está histérica, evidentemente.

—¡Maldita sea, Claudia, toda la huerta está fuera de control! —grita—. ¿Qué demonios ha pasado entre tú y Mara?

Me palpo el punto de la cabeza donde me ha golpeado; me arde, me duele, me va a estallar.

—Pues ya lo has visto, Alicia, que ha intentado matarme. A Mara le han hecho algo los del ruso y...

—Mara llevaba años rondándolos, qué demonios, pues claro que le han hecho algo. Serguéi se ha tirado todo el día predicando y luego se han ido todos al palafito a ver el tornado... ¿Te lo puedes creer? Oye, todo esto es una locura espantosa que se ha ido completamente de madre, tenemos que salir de aquí. —Coge el control de la radio del coche y se pone a pelear con ella—. Voy a avisar a la policía, luego te dejaré en comisaría y...

—No. Escúchame. Tienes que llevarme hasta ellos. Hay que abortar lo que sea que estén haciendo, el ritual ese del gusano, o convertirán toda la comarca en Hiroshima.

Ella me mira frunciendo el entrecejo.

—Pero... ¡Qué? Claudia, tú no estás bien. Necesito que te tranquilices ahora. Esta misma mañana he hablado con tu hermano, me ha dado el teléfono de tu psiquiatra y...

Estiro la mano junto al freno de mano, cojo su arma y se la pongo en la sien.

Y la saco de su pelea con la emisora del coche.

Al encañonarla.

—Alicia, por favor. Deja eso y conduce.

Ella solo pone cara de pánico y luego mete la primera marcha.

En unos minutos tensos y silenciosos, de mucho padecimiento con la conducción, llegamos al embarcadero. O eso dice el GPS, porque no se distinguen ni los postes de afirmar las amarras ni se ve un solo noray. No hay ni rastro del malecón ni tampoco del atracadero.

Pero lo preocupante es que con ellos también se han ido al garete las embarcaciones. No hay ni botes de remos ni barquitas de perchar ni la chalupa coqueta que suele mecerse en este sitio. Todo ha sido arrastrado y devorado por la tormenta.

Alicia golpea el volante con un puño y niega con la cabeza.

—¿Y ahora qué, Claudia?

—Ahora... cogeré la boya de salvamento y nadaré hacia la luz.

—¿Qué? ¡Ni de coña!

Entonces una burbuja de gas pestilente, bien tóxica y cargada de azufre, brota cerca del embarcadero y la sacudida del agua nos muestra, a la luz de los faros xenón, la proa de uno de los botes de remos, encallado en lo hondo de un carrizal de los que mueren en la marisma. Está medio hundido.

Salimos del coche, yo por mi cuenta y Alicia negando con la coleta y a punta de cañón para dirigirnos hacia la embarcación. Apartamos un bálago de cañas tras otro, hasta que ella mete la mano en el agua para tirar del cabo por el que estaba amarrado el bote y la pongo a hacer fuerza.

Pero todo es en balde.

Está encallado en el fondo, no hay nada que hacer.

—Creo que se ha quedado anclado al fango, tal vez arrastrado por el noray al que lo encapillaron —suspira Alicia sin resuello.

—¿A qué distancia está el palafito? —pregunto a la vez

que trato de pulsar en la pantalla táctil del teléfono sin que el agua me lo impida y sin soltar el arma—. ¿Y cómo sabemos que no se lo ha llevado la corriente?

—Esa cosa tiene cimentación de acero, creo... Y está a más de un kilómetro de aquí, probablemente. Solo podrías llegar con la moto de agua.

Nos miramos sin decir nada mientras salimos con resignación del cañaveral y las dos sabemos que es el fin.

La encañono por última vez para que se marche, no sin antes quitarle el móvil y ordenarle que le arranque el micro a la radio del coche y lo tire al barro. Luego miro cómo se alejan ella y el todoterreno, y me digo que he vuelto a quedarme terriblemente sola.

Y ya no me queda otra que nadar. Ojalá estuviera por aquí la moto de agua que solía verse junto al embarcadero.

Estoy a punto de meterme en la corriente cuando escucho un chapoteo junto al carrizal y enseguida se yergue justo a mi lado, erecto, poderoso, enorme, un monstruo de espinas y escamas.

—La anguila es tu amor —dice con su voz borboteante.

No puedo verlo bien, no se deja, sabe mantenerse en todo momento en la penumbra, pero tiene las chiribitas de luz blanca en los ojos de siempre, el olor a poza de siempre, la espalda a la que me agarro en sueños. Bigotes de siluro, formas de pez, dos brazos y dos piernas.

—Monta a la anguila —añade.

Y se vuelve para darme la espalda. La pone a ras del barro, un lomo surcado por una espantosa espina dorsal que se mueve por su propia musculatura. Luego aparta los espolones hasta despejar el tramo festoneado de escamas que araño cuando me corro y yo, sin dudar ni un instante, me guardo el teléfono en el bolsillo y en su grupa que me siento, esta vez a horcajadas.

Me echo el arma a la espalda y me cuajo de frío en cuanto la anguila se apresta a nadar, y tengo que agarrarme a sus espinas dorsales para cabalgarla. De pronto rompe a bracear con fuerza y, como una fueraborda, surca los aludes de barro a toda velocidad, rumbo al palafito.

No es un horror profundo. No es un siluro. No es una moto de agua.

Nada de eso.

La anguila es mi amor.

Día cero

A la luz de un sol imposible, a la hora del ritual

Se me va a hacer insoportable permanecer mucho rato así, tan cerca del relámpago esférico, que se adensa y se concentra por mor del gusano.

Quema la vista y la razón. Repele las palabras.

Porque se han reunido un millón de fuegos fatuos esta vez, han armado todo un lucero de medianoche, un incendio de plasma que hace el día sobre el palafito.

—¡Hoy baila el ctónico más grande de todos! ¡Al fin ha llegado el día cero, el de la nueva vida y la nueva realidad! —brama Serguéi desde la techumbre del palafito, en cuanto la tormenta y el monstruo le conceden un segundo en el que imponer su triste voz de mortal.

De mortal al servicio de lo innombrable.

Oficia su chaladura con los brazos en alto, frente a un atril en el que revolotean a la tormenta las hojas del libro. Se ha puesto un ropón con falda y mangas anchas que todavía le hace parecer más siniestro. Se vuelve a mirarme cuando desmonto de la anguila y chapoteo hacia el palafito y, pese a lo duro que se hace mirar hacia el rayo globular sin acabar más deslumbrada que un zorro ante los faros de un camión, distingo que se ha pintado la cara a conciencia.

—¡Ya estamos todos! ¡La puerta se abrirá, la luz se hará dolor para los infieles! ¡*Iä,* Chawdde-M'ell!

Al gusano no lo distingo bien, pero intento no mirarlo porque es tan inmenso y tan horrible que amenaza con robarme la cordura que me queda. El caso es que hay como un torbellino temblón de carne gris, bulbosa y tatuada, kilométrica, una torre de carne pulsátil sin vertebrar, enroscándose y redondeando la esfera de luz mala. En uno de los extremos de su cuerpo, el que parece alcanzar las nubes, se adivinan lo que parecen unas fauces tentaculadas, en pugna por atrapar los rayos de la tormenta y hacerlos suyos; el otro extremo se distingue como mucho más estrecho, una cola con la que parece estar barrenando la roca bajo el pantano. Todo vibra y se zarandea como si la corteza terrestre fuera a romperse justo donde estamos cuando la anguila se marcha, despavorida, ni que fuera la lancha del tabaco tras una entrega, y me deja a los pies del ritual a contraluz, muerta de miedo y sin saber qué hacer.

La brújula de Fermín quema como un tizón al rojo, el arma de Alicia pesa como un muerto, el móvil ya no me hace falta con tantísima luz, hace rato que lo llevo en lo hondo de los bolsillos, como la razón.

¿Y ahora qué?

Ahora veo a Serguéi hacer el gesto ese de salpicar con las manos y entonces el gusano deja de perforar.

Y se abre la puerta.

Un agujero en el pantano.

Un sumidero que se traga la riada con la fuerza de una catarata, ni que hubieran quitado el tapón de la marisma.

¿O qué acaba de hacer la criatura del infierno, si no? ¡Taladrar un agujero en los yacimientos profundos de gas natural, abrir una brecha hacia las grandes cámaras!

Un potente olor a huevo podrido me da la razón: han expuesto las bolsas primordiales de metano, y el lodo de la riada es mucho más pesado, por lo que se adentrará en las vetas de roca porosa y en los ramales del subsuelo haciendo aflorar todo el gas natural.

Ahora sí vamos a saltar por los aires en breve.

Porque el agujero se traga el pantano al tiempo que libera a la atmósfera un horror supercombustible, que estallará en cuanto la presión y la temperatura venzan su concentración y alcancen una masa crítica. Y es que yo sus brujerías no las entiendo ni por asomo, pero la física que hay tras ellas la tengo clarísima, y no me cabe la menor duda de que me quedan minutos de vida. Para empezar, la vorágine que ha armado el agujero al abrirse me habría llevado ya consigo de no haberme encaramado enseguida a la escalera de madera del palafito. Se dobla como una caña al paso de un huracán. Tendrá que aguantar, me digo. ¿No tiene envigado de acero?

Ahora mismo, todo mi plan consiste en coronar la casa flotante y encañonar al ruso loco para ordenarle que detenga esta abominación antes de que se produzca una explosión tremenda.

Entonces saltan sus larvas.

Desde la planta inferior del palafito, cercada por mil espantafuegos, veo cómo, presas de una danza espasmódica, epiléptica, las gentes del brujo se arrojan al sumidero y son devoradas por el agujero del gusano.

Se inmola a gritos el enorme señor amarillo, no sin antes empujar a la anciana jorobada, y saltan eufóricos los gemelos trasquilados, en silencio el padre de Mara, asustados los chavalines de la fiesta del otro día, lloroso el muchacho de los brazos a medio paralizar. Y así muchos otros de los que fueron mis vecinos.

No alcanzo a entender si son ofrendas en sacrificio, si es que van directos al inframundo o qué. Solo sé que de repente el gusano ruge, rechina y empieza a danzar como nunca, envolviendo con su cuerpo el orbe de luz; gira como una peonza hasta exacerbar la vorágine del pantano y hacer otro tanto con la tormenta. Para cuando consigo reponerme de lo que estoy viendo y doy con la escalera que lleva a la azotea, ya me cuesta demasiado mantenerme en pie con toda la estructura del palafito bamboleándose, escorada al borde del colapso. El temporal no tardará en arrancar este sitio del suelo.

Con dos desgraciados encima.

Desde lo alto puedo ver cómo los fuegos fatuos del pantano, una miríada de centellas y chiribitas venidas de toda la huerta con la riada, son captadas y tragadas por el baile del monstruo como si fueran boyas luminosas. Llegan hasta aquí y se concentran en el orbe de plasma para inflarlo y adensarlo todavía más. No caen al agujero, sino que suben por lo interminable del chorro gris que es la piel leprosa del gusano hasta meterse en el rayo globular del apocalipsis.

Corono la tambaleante casucha para descubrir que en su azotea ya no queda nada en el sitio. Hasta el atril que sostenía el libro ha sido devorado por la tempestad, lo mismo que los cuatro espantafuegos que guardaban sus esquinas. A duras penas nos mantenemos en pie el brujo y yo. El suelo, surcado por mil simbolitos, sigilos y pinturas arcanas, trazadas durante años de misas sobre placas de techar, también nos abandona cuando muchas planchas de chapa corrugada empiezan a tabletear, hasta que saltan y salen volando bien lejos.

En nada lo haremos nosotros dos. Hay demasiada luz para mirar y demasiado ruido para hablar. Ya solo me queda el arma. No hay nada más a mi alrededor, nada a lo que agarrarse.

Solo una cosa en salvaje movimiento: la antena de la emisora de radio del palafito, el pararrayos de diez metros que remata la construcción y que asesta latigazos a la tormenta, combándose por todas sus articulaciones elásticas. ¿Le han encadenado una cometa en la punta?

Su soporte está soldado a una estructura de metal colado y remachado, que es el envigado por el que he trepado. ¿Alicia no dijo que la caseta tenía cimentación de acero? ¿Es todo una pieza?

¡Una toma de tierra!

De pronto la tormenta se detiene en seco, como si su epicentro se acabara de equidistar a nuestro alrededor. Se produce un momento de silencio cuando el gusano deja de bailar y el rayo globular desciende hacia nosotros hasta posarse despacio.

Y comprendo que así es como piensan conducir todo el plasma a la bolsa de gas definitiva del subsuelo; en cuanto el orbe de luz toque la antena de radio, adiós.

El mechero definitivo. El fusil del clatratos del que habló el veterinario. Es maquiavélica la compleja forma en que han diseñado y cebado la bomba, concentrando combustible, acelerante, comburente y detonante hacia un óptimo letal. Parece la obra de un ingeniero de minas. No es un antiguo ritual, es un diseño... dictado en sueños. Uno mucho más elaborado que una soga de ahorcar.

Saco el arma y apunto a Serguéi, que se ha volteado para mirarme, dando la espalda al gusano. Me señala con dos de sus uñas interminables y echa la cabeza atrás con una carcajada, luego tuerce índice y corazón de un modo muy raro.

—Aparta eso.

Y aparto eso.

No sé qué me pasa, pero de pronto se me hace imposible

mantenerlo en el punto de mira, es como intentar juntar dos imanes por el mismo polo, algo me impide señalarle con el arma.

—La monstrua no me ha traído tu cadáver, la anguila tampoco, has venido por tu propio pie —dice—. Tu talento es admirable, pero ahora saltarás para cerrar la puerta, también por tu propio pie.

Y empieza a gesticular otra de sus brujerías.

Pero entonces yo vacío el cargador sobre la base de la antena. Antes de que conduzca el rayo globular a la cámara del subsuelo en la que se está concentrando todo el gas.

El retroceso casi me arranca el hombro, me lanza al suelo y por poco al alud de barro que se traga el suelo bajo el palafito. Pero consigo volar el mástil en pedazos. El torbellino atrapa la cometa y se la lleva por la cadena que la sujeta a la antena, mandando todo el invento del ruso al infierno.

Haciendo que la descarga eléctrica ya no pueda encontrar su camino a las profundidades de la tierra; el orbe deja de descender y se pone a crepitar, Serguéi me mira horrorizado tras abortar lo que quiera que se disponía a conjurar conmigo y brama:

—¡Maldita seas! ¡Yo te maldigo, aquí, en este momento y hasta el fin de tus días! ¡Ahora yo ocuparé tu sitio, sí, pero tú ocuparás el mío!

Y, tras signar el maleficio con otro de sus gestos de mano, corre para saltar al sumidero y hacer que se cierre.

Se lanza al agujero y el agujero se lo traga, justo antes de que el pantano se trague el agujero y el gigantesco orbe de luz empiece a chisporrotear amenazador.

No sé si ahora es cuando este sitio registrará la segunda mayor explosión de la historia de la civilización, como pasó en Siberia, o si todo ese plasma se va a disolver en la atmósfera lo mismo que las emanaciones de metano. Solo sé que de repente el gusano brama como si acabaran de convertirlo en un cebo de pesca y se vuelve hacia mí, se dobla en toda su monstruosa enormidad para mirarme con la boca.

Me muestra unas fauces de espanto, colmillos con pseudópodos, lenguas y tentáculos, molares que ya trituraban roca antes de los tiempos de los dinosaurios, antenas con las que noto cómo me estudia, cómo me mira por dentro, cómo su mente milenaria presiona la mía.

Como cuando sueño cosas horribles, o como cuando escucho voces en mis sueños.

Todo empieza a temblar y a sacudirse, dentro y fuera de mí. Siento que el palafito se desploma en el mismo instante que la boca de Chawdde-M'ell se me echa encima, me engulle y me lleva consigo.

Y pierdo la conciencia cuando unas fuerzas más allá de los límites de la razón tiran de mi cuerpo en todas direcciones.

Día uno

De la luz boreal, de la nueva vida
y la nueva realidad

Nada como despertar abrazada a un cráter. Helada de frío. A la luz de un sol muy débil, lejano, de esos que se pasean por el horizonte sin decidirse a despegar. Musgo en la cara y coníferas a bastante distancia. Harta de pesadillas y locura. Aún medio mojada.

Me siento confusa y magullada, como si me hubieran dado una paliza; me arde el chichón que tengo donde me golpeó Mara, y puede que el picotazo de su ganso me rompiera una costilla porque me duele mucho si respiro hondo o si me toco el costado. Ni idea de dónde estoy, parece un pantano, son tierras bajas pero de otras latitudes. Lo del suelo pinta como tundra. Hace mucha rasca. Me rodea la nada y a lo lejos, en distintas direcciones, se abre un boscaje que no es nada mediterráneo.

Me llevo la mano al bolsillo del peto, todavía húmedo, y saco el teléfono.

No hay cobertura. Enciendo el GPS. Centro mi posición y me pone que ando por Siberia. Claro que sí, Google.

Miro a mi alrededor sin la menor idea de qué hacer, solo sé que me cuajo de frío. Estoy sola, aquí no hay nada, solo mi cráter. Porque me he despertado junto a un gigantesco pozo. Geológico. Natural.

Recién precipitado. De muchos metros de diámetro. Dentro tiene un eco muy negro.

Para ser exactos, y según me dijo Alexa a raíz de la retahíla de preguntas que le llevo haciendo últimamente en materia de geología de pantanos, diría que he amanecido junto a un hidrolacolito, un fenómeno periglacial que sucede cuando se abren a la superficie las bolsas de permafrost al descongelarse y liberar mucho metano. Esto es, un agujero en el suelo, de esos que se abren solitos en las ciénagas heladas que, gracias al calentamiento global, funden sus depósitos de gas helado de repente y…

Me dejan aquí.

En el krai de Krasnoyarsk. Rusia.

O en eso insiste Google Maps. No importa cuántas veces apague el GPS y lo vuelva a encender. Da igual si reinicio el teléfono o si lo dejo un rato en modo avión, no me posiciona bien porque nunca se ha bajado mapas detallados de la taiga siberiana (por aquello de que mi Kia Picanto nunca ha parado por este sitio a repostar), pero me repite que aquí estoy yo, y ya me creo todo lo que me digan. ¿Y ahora qué hago, pedir a un Glovo que me traiga sopita y a un Uber que me lleve a la estación de trenes?

¿El gusano me ha sacado de la bomba de clatratos y se me ha llevado, manto a través, para dejarme en Tunguska? Cuando se lo cuente a mi hermano, me encierra en el manicomio de Gotham City y tira la llave al mar Muerto.

¿O cómo irá lo de mi hermano? Igual mañana denuncia mi desaparición en las riadas del temporal del levante de España y yo, si sobrevivo a este exilio y no se me comen los lobos en cuanto anochezca, aparezco de pronto en la tundra más abandonada del país más extenso del mundo. Del país con el que se supone que el mío anda medio en guerra por no sé qué de invadir Ucrania. ¿Habrá alguna embajada que me atienda?

Doy voces, pero es ridículo porque el horizonte pinta fatalmente lejos, estoy a una caminata larga de lo que parecen unos bosquezuelos de árboles despanojados, machacados por el invierno. Y empiezo a temblar demasiado.

Y por eso noto la brújula de Fermín, que sigue caliente en mi bolsillo.

Dice que tengo que ir hacia la más remota de todas las arboledas. ¿Le hago caso o tiro hacia la más próxima, a buscar cobijo antes de que me mate una hipotermia? No puedo ni hacer llamadas de emergencia, tengo que salir del páramo deprisa, y como me equivoque va a doler.

Pero tiro hacia donde dice la brújula. Justo en dirección contraria a lo que propone Google, que es lo más próximo y directo a la civilización, un minúsculo poblado a más de cuarenta kilómetros de distancia que lo mismo fue un gulag hasta hace poco. Sé que tendría que avanzar hacia allí a todas luces, pero yo ya no funciono así, funciono a oscuras. Mi noción de la realidad empieza a asentarse en otro esquema de reglas, y la lógica que solía asistirme se vuelve un museo de símbolos. Ahora pertenezco a otra condición.

He visto cosas. He hecho cosas. He atravesado el magma terrestre en las tripas de un gusano, como Serguéi, y he inhalado metano hasta fundirme los sesos o qué sé yo. Lo mismo es tan simple como que estoy como una puta cabra ya, pero la cabra tira al monte.

Conque camino durante una media hora o así y me digo que no aguantaré mucho más, cuando al fin llego a la arboleda. Un puñetero bosque de abetos, la primera vez que veo uno y no es un JPG. No es de los nuestros, es más ruso que el vodka, como toda la flora de este sitio. Y encima es un bosque viejo, a juzgar por algunos detalles, pero, vaya, que lo de ser ingeniera forestal tiene su letra pequeña, que dice «no boreal».

Justo cuando voy a adentrarme en la arboleda, temerosa de que el viento en su interior tampoco tenga clemencia y que no me haya servido de mucho alcanzar la fronda para guarecerme..., veo un algo, una sacudida de briznas, apenas moverse en la tundra.

Hay un tocón de árbol dándome la bienvenida, y eso significa que por aquí se tala, poco, pero se tala de tanto en tanto; tiene que haber leñadores o cazadores cerca. Gente que me permita entrar en calor.

Pero no es eso lo que se ha movido, sino un felino.

No es un enorme *maine coon* ni tampoco uno de esos gatos de los bosques de Noruega, pero sí algo parecido y lo mismo de peludo. La variante local, supongo, y con la talla de una gata montesa; quizá porque es más lince que gata. Una bestia minina de ocho kilos lo menos, señorial y majestuosa, que aparece de la nada y se sienta sobre el tocón. Tiene el color de la taiga en el pelaje y el del ámbar en los ojos.

Me mira como a un soplete cuando me acerco. Y eso no es propio de un gato salvaje normal, así que...

—¿Tú eres el psicopompo de este pantano? —suelto, quizá por estar febril, quizá porque todavía me pregunto si no estaré sonámbula, quizá por estar despertando a mucho.

Ella se da la vuelta y se adentra en el bosque. Cuando parece que me deja atrás, se gira enseguida a mirarme.

Yo la sigo sin dudar y ella espera un poco antes de reanudar el paso.

Me lleva.

—Dime cómo puedo llamarte, gata Bajun —digo.

—Mimí.

—Mimí, yo me llamo Claudia. Y me muero de frío.

—Y yo también, loca, conque aviva el paso y sígueme.

—¿Adónde?

—Tienes que encenderme la chimenea rapidito, que llegas tarde. Te has dormido, maldita sea. ¿Es que no tenéis modales?

—Lo que tengo es mucho lío últimamente. Estoy perdida.

—Y tanto. Los nuevos sois lo peor. Ya no os enseñan ni ruso.

Aprieto los dientes. Me cuesta mucho hablar cuando tiemblo de frío. No estoy para charlar con otro gato de estos. Y me preocupa no llegar adonde sea que me lleva. Le preguntaré muchas cosas, sí, pero cuando haya evitado morir por congelación.

Me vibra el móvil y es porque al fin tengo *roaming* internacional. Una rayita GSM de Rostelecom. Me da que no podré telefonear en muchos kilómetros, pero lo mismo ahora sí sería viable hacer una llamada de emergencia en inglés y…

—Deja esa cosa del demonio —dice Mimí—. Ya casi hemos llegado a la isba.

—¿Qué es una isba?

La gata me mira como si acabara de cagarme encima.

—Madre mía, pues no te queda que aprender ni nada —suelta—. Venga, tira, loca, que ya casi estamos.

Y así es, porque justo cuando ya no me siento los pies llegamos a una casa de madera escondida en el bosque. Fea como un pie, dura como una roca, un refugio como mandan los cánones.

No es solo un refugio de cazadores, también pasa por ser una granja de cerdos abandonada, a juzgar por la porquera que tiene anexa. Supongo que será de esas casas de veraneo de las gentes de estos sitios tan apartados, que vienen al bosque para pasar los meses buenos y se traen animales de corral consigo. ¿No hay muchos nómadas y pueblos que cambian de residencia con el avance del frío? Pues como yo.

¿Así que esto es una isba? ¿Una pequeña casa rural rusa? ¿El escondite de Serguéi en sus tiempos de criminal?

Saltamos la cerca, una valla de madera de color rojo carnicero, no sé si coqueta o siniestra porque está hecha de estacas coronadas con cráneos de animales raros; cruzamos lo que parece un patatal congelado y llegamos a la cabaña de troncos, que promete porque tiene chimenea, y un porche vacío, minúsculo. En él solo se ve un portón grueso, tan sólido como toda la caseta.

Lo aporreo y empujo con codos y hombros, pero ni con un hacha podría abrirlo, me temo.

—¿Es que a los nuevos tampoco os enseñan a abrir puertas?

Yo respiro hondo, miro al animal, la puerta e intento entender algo. De pronto tengo una ocurrencia y saco las manos de los bolsillos, están heladas, me duelen. Pero aún funcionan.

De modo que cierro los puños y luego extiendo con fuerza las uñas hacia delante, como si agitara los dedos para salpicar con ellos.

Y la puerta se abre de par en par, violentamente, sin hacer ruido. Cualquiera esperaría que rechinase, resistencia, fricción y peso, pero no. Se abre como movida por un resorte.

Pese a llevar años cerrada, a juzgar por el polvo y el olor arqueológico que sale del interior de la isba.

—Buen truco, no me canso de verlo —dice Mimí, y se apresura a entrar con la cola en alto—. Baba Yagá estaría orgullosa, lo has hecho con su mismo desparpajo.

Pasmada, me miro los dedos y tomo conciencia de que o el gusano me ha hecho algo, o me lo ha hecho el pantano, o me lo he hecho yo.

No tardo mucho en ingeniármelas para desatascar la chimenea y encenderla, gracias a las dos enormes cajas de cerillas que encuentro en lo que parece ser el rincón para cocinar; hay hojarasca y ramaje roto fuera, y un puñado de novelas baratas, amarillentas, impresas en cirílico, pudriéndose en una estantería, por lo que tendré fuego asegurado durante varios días. Me quito la ropa y me envuelvo en cuatro mantas estropajosas pero libres de chinches, luego me harto de temblar hasta que el fuego hace su magia. Mimí se echa a dormir a mi lado.

Al poco rato, en cuanto ya me veo capaz de sobreponerme a la neumonía que venía de camino a toda velocidad, abro una de las nueve latas enormes de lo que parece ser sopa de nabo, remolacha y tomate, es cuanto hay por toda despensa. Me la tomo muy caliente y me sabe a gloria, aunque no entiendo bien qué clase de verduras y especias lleva dentro. Luego me quedo dormida.

Y no tengo sueños.

Por fin.

Noche uno

Rezaré si es necesario

Al anochecer ya me encuentro mucho mejor. Me pierdo en la inmensidad de las tallas de troll de las cavernas que tienen las prendas que hay en un cajón, hasta que consigo arremangar lo suficiente una especie de parka llena de lamparones de mierda de cerdo, pura confección soviética.

Como el cuadro que hay sobre la chimenea.

Es una naturaleza muerta con anguila, exactamente igual que la que había en Finca Elisa. O el pintor maldito se dedicó a hacer todos los bodegones calcados o será que el mío era una réplica, o yo qué sé. Porque es paranormalmente idéntico al que llevo mirando desde hace semanas. Los mismos ojos crueles de anguila eviscerada, acusando con saña al espectador.

Me encojo de hombros y saco la única silla que hay en toda la isba al minúsculo porche, que no sé si debería llamarlo así, porque no es mucho más que el techado de tres palmos que guarece la puerta. Tomo asiento tras dejar en el suelo, junto a la silla, una jarra de loza llena del agua de la delicia de pozo que tengo en el corral de este sitio y me arrebujo en lo que pronto aprenderé que es una frazada, una especie de prenda que hay colgada en el respaldo de la silla, mitad vellón de oveja, mitad piel de cabra. Ya bien acomodada, me dispongo a afinar la única cosa divertida que he encontrado en todo el saqueo a la isba.

Una balalaica.

Luego entono tres de mis mejores punteos y me maravillo de lo bien que suena.

—Tocas como el culo —dice Mimí en cuanto paro para beber directamente de la jarra.

—Se llama «Aprendiendo a aprender» —contesto, y dejo el chisme en el suelo para cogerla y acariciarla hasta que empieza a ronronear—. Ya sabrás apreciar mi arte.

Me quedo un rato mirando cómo se pone el sol de estas latitudes. Es hermoso, a su manera. Desde el porche veo la taiga, la tundra, el páramo, una marisma a lo lejos. Aquí no puedo mecerme, pero me balanceo un poquito.

No tarda en hacerse noche cerrada y salen millones de estrellas de todos los tamaños. Se escuchan océanos de grillos y unos animales increíbles a lo lejos que no soy capaz de imaginar. Al final, hasta hace un tímido acto de presencia lo que me parece una aurora boreal.

—Solo tengo latas para unos días —digo, ya casi a punto

de dormirme, pese a los mosquitos y al frío que estoy cogiendo otra vez.

—Sabrás medrar. Encontrarás setas y bayas en el bosque, trampas para conejos en la alacena, y en la ciénaga hay unos siluros que podrías coger hasta con las manos desnudas.

—La anguila es mi amor.

—¿Qué?

—Nada.

—Tú verás.

—El patatal no estará listo ni en primavera, suponiendo que el frío no lo mate.

—Pues pídeles grano y cecina a los tunguses. Hay un clan de pastores de renos que suele pasar el invierno acampado a varias horas de aquí.

—No sé qué demonios son los tunguses.

—Son tan mongoles que no hablan ni ruso, pero tú eres rubia y ya no vistes ridículo, por lo que seguro que te echan una mano si te las ingenias para comerciar o así.

—¿Y con qué voy a comerciar? ¿Aceptan Bizum?

—Creo que Serguéi enterró en el corral de atrás una pequeña fortuna en rublos de plata, igual te sirve. Yo qué sé, sabrás medrar. Aquí la gente es muy hospitalaria, además.

Toco algunos acordes más y me acuerdo de Mara, y me vengo tan abajo que se me llevan los demonios. Rompo a llorar un rato muy largo, sin dejar de preguntarme si alguna vez podré tener una amiga que no me deje en el pecho un agujero espantoso e irreparable. Sin dejar de decirme que no me siento como cuando me asoló la depresión. Mimí me olfatea las lágrimas y hasta lame alguna, parece saberse incapaz de consolarme.

Meto en la isba la silla y la balalaica y, vencida por lo insoportable de la rasca que hace en este pantano, entro con la gata en brazos y cierro de una patada. Acto seguido nos echamos sobre unos andrajos peludos que he tendido en el suelo frente a la chimenea. Prefiero dormir encima de todo el tufo de una alfombra de piel de reno que en el ascazo de catre lleno de manchas de pajas que hay al fondo de la cabaña. Me quedo mirando los ojos de la anguila.

—¿En serio este será mi hogar, Mimí? ¿La casa de la bruja?

—Al menos no tiene patas de gallina.

—¿Qué?

—Nada.

—Vale. No me ayudes.

—Aprende a habitar los lugares acariciados por el rayo. Es lo tuyo. Las tormentas acuden siempre a sitios especiales, como tú. Por eso formas parte de esto.

—¿Sabes qué esperan de mí?

—Pues cosas de gusanos, supongo. Para los grandes socavadores todo son círculos, todo es cíclico, como las fases del sueño.

—Pero yo ni valgo para esto ni lo quiero hacer.

—Serguéi tampoco es que pintara nada aquí cuando era un criminal de los vor, y ya ves. Mi amiga Mawa dice que el ctónico gigante os escoge así de chungos porque por algo es uno de los regentes del infierno.

—¿Y si me niego?

—Pero tú quieres nueva vida y nueva realidad, ¿no? Y que el pasado no te persiga, ¿verdad?

Me quedo pensando un rato en lo que ha dicho antes de preguntarle de nuevo:

—¿Adónde fueron los que saltaron al agujero?

—Oh, pues lo cierto es que cuando naces y creces en el infierno, supongo que la muerte y el inframundo no te parecen malos sitios... El caso es que a ellos también les prometen nueva vida y nueva realidad, sí. Pero tendrás que ir a buscarlos para saber qué tal les ha ido.

—Anda ya.

—¿No es así como funcionan todas las religiones desde siempre? Pues el gusano ya estaba ahí abajo antes que ellas, exigiendo vidas y sacrificios.

—No soy yo muy de sacrificarme por los demás.

Mimí bosteza y estira las zarpas, sacando todas las uñas, para acto seguido estudiarme con ojos soñolientos y lamerse el hocico con la lengua. Luego se me tiende encima y los va cerrando despacio.

—Ya tendrían que haber llegado aquí las primeras nieves —me arrulla—, y ni están ni se las espera.

—Con esto del cambio climático pronto se descongelarán las bolsas de metano del permafrost —añado, casi pensando en voz alta.

—Pues eso hará que este pantano se llene de larvas y de fuegos fatuos y de peligros y de tormentas. Te gustará reunir a tus propias larvas.

—No sé. No lo veo.

—Créeme, sabrás medrar.

Las maderas de la isba crujen al viento, haciendo que me vuelva hacia la puerta, que mire la silla en la que descansa la balalaica y… no es la balalaica.

Es mi cavaquinho.

Parpadeo, sacudo la cabeza, abro mucho los ojos. Y ahí está.

Mi cavaquinho. No la balalaica.

Mi cavaquinho rojo, con todos los motivos dorados que le pintó mi padre.

De pronto noto cómo me baja por la espalda una gota de sudor helado y se apodera rápidamente de mí la idea de que tal vez mi mente se haya descompuesto por completo y estemos en Finca Elisa y que todo cuanto me ha estado pasando desde ya hace varios días no hayan sido más que alucinaciones.

Miro a la anguila del bodegón a los ojos. Es un óleo. Es irrepetible. Reconozco los trazos que llevo contemplando ya muchos días. No puede estar aquí y allá. No puede odiarme igual en dos cuadros distintos, no me parece una naturaleza muerta que se pueda replicar con fidelidad.

Me invade un miedo que rechaza el lenguaje y la razón. La ansiedad se apodera de mí como todavía no lo había hecho desde que dejé Madrid. Dios mío. Esto no. Por favor. Rezaré si es necesario, pero esto no.

Arrugo fuerte los párpados y me aprieto los globos oculares con los dedos, luego me los llevo a las sienes y siento que empiezo a hiperventilar. Que mi asidero con la realidad se desmorona.

Y eso no, no puede ser. Me repito mil veces que no puede ser.

Así que vuelvo a mirar, muerta de miedo, y veo la balalaica de nuevo.

La naturaleza muerta sigue ahí, enmarcada, implacable, presidiendo el recinto con sus ojos acusadores, pero veo la balalaica y no mi cavaquinho. Y con eso me basta por hoy.

Suspiro y aflojo. Recupero poco a poco el control. Y más que lo haré, me digo. Al final me reharé tras tanto trauma. Seguro que la balalaica también es terapéutica.

Al rato, echo otro leño a los rescoldos y, despacio pero con una pesadez inclemente, siento cómo me voy quedando dormida.

Y sueño con un cazador muy guapo que me enseña a decir cosas en ruso.

No pasa nada cuando me despierto en mitad de la noche aquí. En este sitio las noches son interminables.

Fuera se escucha el canto de un millón de grillos, con un búho de solista.

Dentro, el crepitar de una toza de abeto al fuego y el ronroneo de una gata enorme.

Agradecimientos

Esta novela, como todas las que he puesto sobre el papel tras ya dos décadas de escritura, nunca habría salido adelante de no ser por el apoyo y las facilidades que me brindan mis familiares, amigos y compañeros de trabajo más directos. Es prácticamente imposible ejercer de ingeniero a jornada completa, de profesor a tiempo parcial para una universidad, de padre de un chaval adolescente, de persona (de las que comen, duermen, van al gimnasio, friegan platos, leen libros chulos, se van de vacaciones y todo eso) y además mantener una producción de más de trescientas páginas de literatura al final del año. En fin, de no ser por la comprensión y la paciencia de los míos para con mi trayectoria como autor, yo ya habría visto bailar al gusano y amanecido abrazado a un cráter, supongo. Más allá de la impagable y constante ayuda de mi mujer, Sofía, no me puedo poner a recitar más nombres ni a señalar a las personas que me han permitido llegar hasta aquí porque para ello tendría que dejar sospechosamente fuera a las que todavía no me han brindado el menor apoyo, que también las hay, conque lo vamos a dejar aquí y que cada palo aguante su vela. Vosotros ya sabéis quiénes sois y lo que me cuesta esto y lo que os debo. Os quiero un montón.

Tampoco habría sido posible sacar adelante esta monstruosidad de no ser por toda la horda de criaturas lectoras que me siguen empujando título tras título. No es la primera vez que me precio de tener los mejores lectores del panorama, pero sí la primera y la última vez que me reconozco en deuda con las palabras de ánimo y las valoraciones que me llegan a menudo a través de las redes sociales y los portales en los que se habla de literatura, aunque sea con apreciaciones en forma de estrellitas amarillas. Sin ese aliento, algunos días me sería imposible sobrellevar el destrozo mental y emocional que supone poner tu nombre en la portada de libros como este y luego sentarte a cosechar los resultados más ingratos.

Luego está mi intrépida editora, Clara Rasero, que ha hecho un trabajo formidable, que se ha bajado al barro de la narración conmigo cada vez que ha hecho falta y que vino a ponerme al teclado justo cuando yo andaba con la moral por los suelos, prácticamente retirado tras encontrarme por cuarta vez con el mismo cuadro demencial: mi novela agotándose y mi editorial cerrando. Es una industria muy dura, la del libro, y conmigo se ha pasado tres pueblos ya demasiadas veces, supongo... Pero lo cierto es que todo el equipo de Ediciones B se ha volcado en este proyecto con una profesionalidad y un cariño que me ha devuelto la fe en las cosas. Oh, y he contado con las mejores correctoras del mundo, os lo aseguro; ya sé que mi prosa no lo agradece mucho, pero yo sí.

También quiero decir que esta vez apenas he tenido lectores de pruebas, pero me ha venido de perlas todo el *feedback*, los apuntes y las valoraciones de la gente como Alberto Caliani, Javier Calvo, Carmen Romero, Sergi Viciana y Antonio Torrubia. *Kudos* para vosotros. Ya nos tomaremos algo fresquito.

Luego están esas cuatro adorables larvas del pantano que me ayudaron a documentar el *lore* de la novela, a las que más que unas copas les tendría que pagar un camión-cuba. Por desgracia, y por cosas de la vida que llevan y de los privilegios que brinda el anonimato, no han querido aparecer aquí (o se han negado a identificarse). Aunque lo cierto es que sus vidas, sus gestos y sus palabras las he terminado integrando en los personajes de la historia y eso ya es una forma de homenaje, esta otra también, de modo que conste en acta a efectos oportunos: mis otros ángeles de la guarda y a los que mando un abrazo de oso siberiano desde aquí son una agricultora, un brujo, una enferma y un criminal. Y tal vez tus afables vecinos si algún día decides mudarte.

Y por último, y por los zarpazos de inspiración, al que fue mi primer y último gato, Turbo. Te sigo echando en falta tras doce años, cabronazo. Ya nos veremos en otra vida y otra realidad.